ハヤカワepi文庫
〈epi 16〉

第三の嘘

アゴタ・クリストフ
堀　茂樹訳

epi

早川書房

4946

LE TROISIÈME MENSONGE
by
Agota Kristof

Translated by
Shigeki Hori
Published 2002 in Japan by
HAYAKAWA PUBLISHING, INC.
This book is published in Japan by
direct arrangement with
LES ÉDITIONS DU SEUIL, S. A.

本作品の執筆を支援してくれたプロ・エルヴェティア文化財団に感謝する

第三の嘘

第一部

私は今、子供の頃の思い出の小さな町で、投獄されている。

投獄されているといっても、ここは本物の刑務所ではない。市警察の建物の中の監房なのだ。そしてこの建物自体も、この町のほかの家々と似たりよったりの一軒の家、二階建ての家でしかない。

この監房は、かつては洗濯場であったにちがいなく、入口と窓が中庭に面している。もとからあるその窓の内側に鉄格子が取りつけられ、手を伸ばしても窓ガラスに届かず、ガラスを割ったりできないようにしてある。片隅にトイレがあり、カーテンで仕切られている。一方の壁に寄せて、テーブルと四脚の椅子が床に固定されている。反対側の壁には、折りたたみ式のベッドが四つ並んでいる。そのうちの三つは折りたたまれている。

この監房に入っているのは、私ひとりだ。この町に犯罪者は少ないし、それに、見つかるとただちに隣の町へ護送される。隣町はこの近辺の郡庁所在地で、二十キロ離れている。

私は犯罪者ではない。私がここにいるのは、必要な身分証明書類を持っていないからにすぎない。もっとも私は、家賃を滞納してもいる。

朝、看守が朝食を運んでくる。ミルクと、コーヒーと、パン。私は、コーヒーを少しだけ飲み、シャワーを浴びに外へ出る。看守が、私の朝食の残りを食べ、監房の清掃をする。扉はいつも開いているから、私は勝手気ままに中庭へ出られる。中庭は、蔦《つた》や木蔦《きづた》におおわれた高い壁に四方を囲まれている。そのうち、監房を背にして左側の壁の向こう側は、小学校の運動場だ。学校の休み時間には、子供たちが笑い、遊び、騒ぐ声が聞こえてくる。この町の小学校が、私の子供だった頃すでに今と同じ場所にあったことを、私は記憶している。ただし、当時私は、一度もそこへ足を踏み入れたことがなかった。刑務所のほうは、その頃は別の場所に存在した。私はそのことも憶えている。刑務所へは一度入ったことがあるからだ。

朝一時間と、夕方一時間、私は中庭を歩き回る。これは、子供の頃から、私があらためて歩行の練習をしなければならなかった五歳の頃から身についた習慣だ。

私のこの習慣に、看守は苛立っている。というのは、歩いているあいだ、私は口をきかないし、どんな問いかけにも耳を貸さないからだ。

地面を見つめたまま、両手を後ろ手に結んで、私は歩く。壁にそって、ぐるぐる回る。地面は舗装されているが、舗石と舗石のあいだから、草が生えてきている。

中庭は、ほぼ正方形だ。縦が十五歩、横が十三歩。私の一歩が一メートルと仮定すると、中庭の面積は百九十五平方メートルということになる。しかし、私の歩幅はもっと狭いにちがいない。

中庭の真ん中に、丸いテーブルがあり、屋外用の椅子が二脚添えられている。監房の向かい側の壁に寄せて据えられているのは、木のベンチだ。

そのベンチに腰を下ろすと、私は、子供の頃親しんだ空をいちばん広く見渡すことができる。

私がここに収容された最初の日から、早くも書店の女主人が、私の衣類と、それに野菜のポタージュ・スープを手に、訪ねてきてくれた。それから毎日、正午頃になるとポタージュを持ってやって来る。私は、せっかく作ってきてくれたのだから形だけでもというつもりでそのポタージュに少し口をつけるが、あとは鍋ごと看守にまわす。看守が残りを平らげるのだ。

私が、書店の女主人に、彼女のアパルトマンを散らかしたままにしてきたことを詫びる。

彼女は、私に言う。

「お気になさるようなことじゃありませんよ。もう掃除はすっかりすませました、私と娘と二人してね。たくさん散らかっていて目立ったのは紙でしたわ。しわくちゃにして丸められていたのと、紙屑かごに捨てられていたのは、燃やしてしまいました。ほかのは机の上に置いておいたのですけれど、警察が来て、持っていってしまいました」

私はいっとき黙りこむ。それから言う。

「まだ二カ月分の家賃をお借りしたままですね」

彼女は笑う。

「あの小さいアパルトマンの家賃にしては、ずいぶんいただきすぎでしたわ。でも、どうしてもっておっしゃるなら、今度またこの町へいらしたときに払ってください。来年にでもね」

私は言う。

「もう一度来ることがあるとは思いません。私の国の大使館が、あなたに返済するはずです」

彼女が何か必要なものはないかと問うので、私は言う。

「ええ、あります。紙と鉛筆なんです。ただ、私にはもうお金がありません」

彼女は言う。

「そう、紙と鉛筆でしたわね。気がきかなくてごめんなさい」

翌日、彼女は、いつものポタージュと、罫線入りの用紙一束と、鉛筆数本を持ってやって来る。

私が彼女に言う。

「ありがとう。この分全部、大使館が払ってくれるはずです」

彼女は言う。

「口を開けば支払いのことばかりおっしゃるんですね。ほかのことも話してくだされぱいいのに。たとえば、伺いたいわ、何をお書きになっているんですの？」

「私が何を書いているかなんて、どうでもいいことですよ」

彼女はかさねて言う。

「私、事実を書いていらっしゃるのか、それとも作り話を書いていらっしゃるのか、そこのところを知りたいんです」

私は彼女に、自分が書こうとしているのはほんとうにあった話だ、しかしそんな話はあるところまで進むと、事実であるだけに耐えがたくなってしまう、そこで自分は話に変更を加えざるを得ないのだ、と答える。私は彼女に、自分の身の上話を書こうとしているのだが、私にはそれができない、それをするだけの気丈さがない、その話はあまりにも深く私自身を傷つけるのだ、と言う。そんなわけで、私はすべてを美化し、物事を実際にあったとおりにではなく、こうあってほしかったという自分の思いにしたがって描くのだ、云々。

彼女は言う。

「わかります。数ある本のうちでいちばん悲しい本も及ばないくらい悲しい人生って、ありますものね」

私は言う。

「そうなんです。一冊の本は、どんなに悲しい本でも、一つの人生ほど悲しくはあり得ません」

いっときの沈黙ののち、彼女が問う。

「びっこを引いていらっしゃるのは、何かの事故のせいかしら？」

「いや、まだ幼児だった頃、病気にやられたんです」

彼女は言い添える。

「ご不自由といっても、まわりの者はほとんど気づかないくらいですね」

私は笑う。


筆記用具はふたたび私の手に入ったけれど、酒のたぐいにはいっさい恵まれず、煙草も、食事のあとで看守がくれる二、三本を別にすれば、まったくない。警部との面会を願い出ると、警部はすぐさま私を迎え入れてくれた。警部の執務室は二階にある。私は階段を昇る。警部の正面の椅子に腰を下ろす。彼は赤毛で、そばかすだらけの顔をしている。彼が前にしている机の上で、チェスのゲームが進行中だ。警部は、そのチェス盤を見つめ、ポーンを前進させ、手帖にその駒の動きをメモし、淡いブルーの眼を上げる。

「何の用です？　調査なら、まだ終わっていませんよ。二、三週間、ひょっとすると一カ月くらいかかるんです」

私は言う。

「私は急いじゃいませんよ。ここは非常に居心地がいいんですから。ただ、いくつか、ちょいとしたものがなくて弱っているんです」

「たとえば？」

「どうでしょう、私の毎日の拘留費に、一リットルの葡萄酒と二箱の煙草の代金をつけ足してもらったとしても、大使館は、それくらいのことでは何も文句は言わないと思うんですが」

彼は言う。

「そりゃ文句など言わんでしょうよ。しかしね、そんなことをしては、あなたの健康によくない」

私は言う。

「アルコール中毒患者から急に酒を取り上げると、患者にどんなことが起こるか、ご存じですか？」

彼は言う。

「いや、存じません。第一、そんなこと、私の知ったことじゃないですよ」

私は言う。

「私のような患者は、アル中につきものの譫妄《せんもう》の発作を起こしかねないんです。その発作で、あっという間に死んでしまうかもしれません」

「冗談じゃない、ほんとうですかね」

彼は、チェス盤に視線を落とす。私は、彼に言う。

「黒のナイト」

彼は、チェス盤から眼を離さずに言う。

「どうして？　わからんなあ」

私はナイトを動かす。彼は、手帖に書きつける。長いあいだ思案する。ルークを持ち上げる。

「いや、だめだ！」

彼は、ルークをもとに戻す。私に視線を向ける。

「お強いんですか？」

「さあ、どうでしょうか。ずいぶん長いこと指していないのでね。まあ、いずれにしても、私はあなたよりは強い」

彼は顔を、その顔をおおっているそばかす以上に赤くする。

「私は、始めてまだ三カ月なんですよ。それに、先生もいないし……。あなた、少し教えてくれませんか？」

私は言う。

「いいですとも。だけど、私が勝っても腹を立てないでくださいよ」

彼は言う。

「勝つか負けるかなんて、私はこだわらない。私の望みは上達することなんです」

私は立ち上がる。

「いつでもお好きな時、チェス盤と駒を持って降りてきてください。どちらかというと、朝がいいですね。朝のうちは、昼間や夜より頭のはたらきが活発ですからね」

彼は言う。

「ありがとう」

彼はチェス盤に視線を落とす。私は待つ。咳払いをする。

「……で、葡萄酒と煙草の件は？」

彼が言う。

「問題ないですよ。指示しておきます。煙草と葡萄酒、今後は不自由させません」

私は、警部の部屋から退出する。階段を降りる。監房に入らず、中庭にとどまる。ベンチに腰かける。今年の秋はとても暖かい。陽が沈みかけている。空が、オレンジ、黄、紫、朱色、そのほか言葉では区別できないさまざまな色に染まる。

私はほとんど毎日、およそ二時間ばかり警部を相手にチェスをする。勝負には時間がかかる。警部は長考をかさね、経過をことごとくメモし、いつもきまって負ける。私はまた、午後、女書店主がそれまで広げていた編み物をまとめ、店を開けに帰っていくと、看守とトランプもする。この国のトランプのルールは、まったくユニークだ。単純なゲームで、偶然に大きく左右されるのだが、それでも私は負け続ける。私たちはお金を賭けて勝負するのだが、私は一文なしだから、看守は、私の借金をつけにする。一勝負終えるごとに、彼は大声で笑い、小躍りして何度も言う。

「ついてるなあ！　まったく、ついてるなあ！」

看守は、結婚したばかりの青年で、女房は数カ月後に出産を予定している。彼はしきりに言う。

「もし男の子が生まれて、その時もしあんたがまだここにいたら、あんたへの貸しは帳消しにしますよ」

彼はしばしば、女房のことを話す。彼女がどんなに美しいか、とくに、彼女の目方が増え、胸と尻のボリュームが以前の倍に近くなった今、どんなに美しいかを話す。彼はまた私に、彼らの出会いを、彼らの「つきあい」を、二人きりでした森の散歩を、彼女の抵抗を、彼の勝利を、子供が生まれてくることになって大急ぎでした結婚のことを、こと細かに語る。

だが、彼がいっそう詳しく、またいっそう得々として語るのは、前日の夕食のことだ。その夕食を彼の女房が、どんな材料を使って、どんな調理方法で、どのくらい時間をかけて——なにしろ「煮れば煮るほど味が出る」のだから——どんなふうに拵《こしら》えたか、といったことだ。

警部は、話もしないし、語りもしない。彼がたった一つ私に打ち明けたのは、私とのチェスの攻防を、ひとりになってからメモを頼りに再現し、検討しているということと、一回目は午後執務室で、二回目は夜自宅でしているということだ。私は彼に、結婚しているのかどうか訊ねたことがある。彼は、肩をすくめて返事した。

「結婚だって？　この私が？」

女書店主も同じで、何も語らない。彼女は、話すほどのことが何もないのだと言う。二人の子供を育てた、そして六年前から未亡人となっている、ただそれだけだと。彼女があちらの国での私の生活について質問してくると、私は、彼女の場合にもまして自分には話すに値するようなことがない、なにしろ私は、ひとりの子供も育てなかったし、妻も持たなかったのだから、と答える。

ある日、彼女が私に言う。

「私たちは、同じくらいの歳ですわね」

私は反発する。

「そんなばかな。あなたは、私よりはるかに若く見えますよ」

彼女は顔を赤らめる。

「よしてください、ご冗談でしょ。私、お世辞が聞きたくて言っているんじゃないんですから。私が言いたかったのは、あなたがこの町で子供の頃をおすごしになったのなら、私たちは当然同じ学校に通っていたはずだっていうことなんです」

私は言う。

「そうですね、ただ私はね、学校へは通っていなかったんです」

「まさか。学校に行くことは、あの頃すでに義務づけられていましたわよ」

「ところが私には、義務でなかった。私は当時、精神薄弱児だったんです」

彼女は言う。

「あなたとは、まじめに話せやしませんわ。四六時中、はぐらかすようなことばかりおっしゃっているんですもの」

私は、重い病気に罹《かか》っている。そのことを知ってから、今日で、ちょうど一年になる。

発病したのは、あちらの国、私が移住した国でだった。十一月の初めのある朝だった。午前五時。

家の外は、まだ真っ暗だ。私は息苦しい。激痛で息ができない。痛みは胸のあたりで生まれ、わき腹、背中、肩、腕、のど、うなじ、あごを襲う。まるでひとつの巨大な手が、私の上半身をまるごと押しつぶそうとしているかのようだ。

腕を伸ばす。そろそろと伸ばす。枕元のランプをつける。

そおっと体を起こし、ベッドの上で坐る。待つ。起き上がる。書物机《かきものづくえ》のところまで、電話のところまで行く。椅子にまた腰を下ろす。救急車を呼ぼうか？　いや、だめだ！　救急車はいかん。待つんだ。

台所へ行こう。コーヒーを淹《い》れるんだ。急がないこと。あまり深く息を吸わないこと。ゆっくり、そおっと、静かに呼吸すること。

コーヒーのあと、シャワーを浴び、髭を剃り、歯を磨く。寝室へ戻り、服を着る。八時になるのを待って電話をかけ、救急車ではなく、タクシーを呼ぶ。かかりつけの医者にも電話する。

医者は、私を急患として迎える。私の訴えを聞く。私の肺のレントゲン写真を撮る。心臓部を診察する。脈を計《はか》る。

「もう服を着ていいですよ」

私たちは今、彼の診察室で向かい合って坐っている。

「相変わらず煙草はやめていないんですね？　一日に何本吸うんですか？　お酒も飲んでいるんですか？　量はどのくらい？」

私は、正直に答える。彼には、私は偽りを言ったことがない……と思う。私は知っているのだ。彼が、健康のことにせよ、病気のことにせよ、私のことなどまるっきり気にかけていないことを。

彼は、私のカルテに何か書きこむ。私を見据える。

「あなたは、自分の身を滅ぼすようなことばかりしている。これは、あなたの問題です。あなただけのね。もう十年も前に、私はあなたに、お酒を飲むこと、煙草を吸うことを厳禁しました。ところがあなたは、今も酒と煙草を続けている。あなたの勝手といえば勝手だが、それにしてもね、もしあと数年でも生きていたいのなら、即刻やめなくちゃいけませんよ」

私は訊ねる。

「私の病気は何ですか？」

「おそらく、狭心症です。前から予想されたことですよ。もっとも私は、心臓病が専門ではないんです」

彼は私に、一枚の紙を差し出す。

「高名な心臓病専門医に紹介してあげます。これを持って、この先生の病院へ行くといいでしょう。もっと精密な検査を受けるんです。早ければ早いほうがいいですよ。とりあえず、痛み止めの薬をここに指示しておきました」

彼は私に、処方箋を渡す。私は問う。

「手術を受けることになるんでしょうか？」

彼は言う。

「まだ間に合えばね」

「間に合わなければ？」

「あなたの場合は、いつ心筋梗塞になってもおかしくありません」

私は、最寄りの薬局へ行く。二びんの薬を受け取る。そのうちの一びんには、ふつうの鎮痛剤が入っている。もう一つのほうのラベルを見ると、「トリニトロン、適応症＝狭心症、成分＝ニトログリセリン」と記されている。

私は帰宅する。両方のびんの錠剤を一錠ずつ呑みこむ。ベッドに横になる。痛みがたちまち消える。私は眠りに落ちる。


私は、子供の頃の思い出の町を、通りから通りへと歩いている。人気《ひとけ》の失せた町だ。家々の窓と扉は閉ざされ、いっさい物音がしない。

木造の家々と老朽化した納屋が両側に並ぶ、道幅の広い通りにさしかかる。地面は土ぼこりにおおわれている。この土ぼこりの中に裸足を踏みいれて歩くのが、私には心地よい。

が、しかし、奇妙に緊迫した気配があたりに立ちこめている。

私は、後ろを振り返る。と、通りの後方の角のところにいる一頭のピューマの姿が見える。ベージュとも金色ともつかぬ美しい野獣で、その絹のような毛並みが、灼熱の太陽に照らされて輝いている。

突然、すべてが発火する。家も納屋もことごとく燃え上がるが、それでも私は、炎に包まれたこの通りを歩き続けなければならない。なぜなら、ピューマもまた歩きはじめ、威厳に満ちたゆったりとした足取りで、距離を保ちつつ私のあとをつけてくるからだ。

どこへ逃げこめばいいのか？　逃げ道がない。前方には炎、後方には牙。

たぶん、通りの端まで行けば……？

この通りも、どこかで終わるはずだ。通りには出口があって、広場に通じていたり、ほかの通りにぶつかっていたり、野原や田畑に出るようになっていたりするものだ。もっとも、袋小路なら話が別だが……ああ、そうにちがいない、この通りはきっと袋小路で、行き止まりなんだ、うむ、そうなんだ。

私はピューマの息づかいを感じる。自分のすぐ後ろだ。恐ろしくて振り向けない。もう前へも進めない。両の足が地面に貼りついてしまった。私は怯えきって、ピューマに背後から跳びかかられ、肩から尻までを引き裂かれ、頭を、顔をずたずたにされる瞬間を、今か今かと待つ。

ところが、ピューマは私を追い越し、そのまま悠然と歩いていくと、その前方、通りの端にいる一人の子供の足元に寝そべる。子供は、さきほどまでそんな所にいなかったのに、今は、足元に寝そべったピューマを撫でている。

子供が私に言う。

「おとなしいよ。ぼくのなんだ。怖がることないよ。人を食べたりしないから。肉は食べない。食べるのは魂だけ」

炎はもう見えない。猛火は消えてしまった。通りの両側の建物は今や、冷たくなった、やわらかな灰の山でしかない。

私は子供に問う。

「きみは、私の兄弟だ、そうだよね？　私を待っていてくれたのかい？」

子供は、首を横に振る。

「ちがうよ、ぼくは、あなたの兄弟じゃない。ぼくは誰も待ってなんかいないよ。ぼくはね、永遠の若さの守り手なんだ。兄弟を待っている人なら、中央広場で、ベンチに坐っている。その人は、すごく年寄りだよ。あの人が待っているのは、あなたなのかもしれない」

私は、中央広場で、ベンチに坐っている自分の兄弟を見つける。私に気がつくと、彼は立ち上がる。

「遅刻だぞ。急ごう」

私たちは、小高い墓地に登る。黄色くなっている草むらに腰を下ろす。このあたりのものは、何もかも朽ち果てている。十字架も、木々も、灌木も、草花も。私の兄弟が、手にしている杖の先で土をほじくり返すと、白い蛆虫《うじむし》がたくさん出てくる。

兄弟が言う。

「何もかもが死んだわけじゃない。こういうものは生きているんだ」

蛆虫はうごめいている。そのさまを見て、私は反吐《へど》が出そうになる。私は言う。

「ちょっとでもまじめに考えると、生きていることを喜ぶ気にはなれないな」

私の兄弟は、杖で、私のあごを下から押し上げる。

「考えるな。それより、見ろ！ こんなに美しい空を見たことがあるか？」

私は眼を上げる。夕陽が、町の上に沈みかかっている。

私は答える。

「ない。一度もない。こんな空は、ここでしか見られない」

私たちは肩を並べて、城まで歩く。前庭で立ち止まる。城壁の真下だ。私の兄弟は、その城壁をよじ登り、そして上まで登りきると、たぶんどこか地下から聞こえてくる音楽に合わせて踊り出す。両腕を大空の方へ、星々の方へ、昇りつつある月、満月の方へ、しきりに差し出しながら、踊る。丈の長い黒の外套に身を包んだ彼の細長いシルエットが、踊りながら、城壁の上を進む。私のほうは、城壁の下にいて彼を追う。駆け、叫ぶ。

「だめだ！　そんな無茶をしちゃいかん！　やめろ！　降りるんだ！　落ちるぞ！」

彼は、私の真上で立ち止まる。

「忘れちまったのか？　ぼくらは昔、屋根の上を歩き回っていたんだぞ。落ちそうで怖いなんて、ただの一度も思わなかった」

「あの頃は若かったんだ。眩暈《めまい》を起こすこともなかった。降りてこい！」

彼は笑う。

「心配するな、ぼくは落ちたりしない。飛べるんだ。毎晩、町の上空を舞っているんだ」

彼は両腕を上げる。跳躍する。庭の舗石の上、ちょうど私の足元に墜落する。私は、彼の上に身をかがめる。彼のはげ上がった頭を、皺の刻まれた顔を抱きかかえる。泣く。

彼の顔の輪郭が歪み、両眼が消えたかと思うと、私の手の中にあるのはもはや、誰のとも知れぬ頭蓋骨でしかなく、それもたちまち崩れて、細かい砂のように、私の指と指のあいだから滑り落ちてしまう。

私は涙で頬を濡らして目覚める。寝室は薄明《はくめい》のなかにある。してみると私は、日中の大部分を眠ってすごしたのだ。汗にぐっしょり濡れたシャツを替える。顔を洗う。鏡に映っている自分の顔を見て、この前最後に泣いたのはいつだったかと自問する。憶えていない。

煙草に火をつける。窓の前に腰かける。町が夜の闇に沈みこんでいくのを眺める。私の寝室の窓の下には、がらんとした庭があって、早々《はやばや》と落葉して裸になってしまった木がたった一本だけ立っている。その先には、家々が見え、窓にともる明かりがだんだん多くなっていく。それらの窓の向こう側には、人々の生活がある。静かな生活、ふつうの、平穏な生活。夫婦、子供たち、家族……。遠くを走る車の音も聞こえてくる。どうして人々は車を走らせるのか、夜にまでも走らせるのか、私は訝《いぶか》しく思う。どこへ行くのだろう？　何のために？

死が、まもなくやって来て、すべてを消し去るにちがいない。死を思うと、私は怯える。

私は死ぬのが怖いけれど、病院へは行かないだろう。

私は少年時代の大半をある病院ですごした。その頃のことは、細かな点まで鮮明に記憶している。ほかの二十ばかりのベッドとともに並んでいた自分のベッド、廊下に置かれていた専用のロッカー、自分の車椅子、松葉杖、プール付きの拷問室、また、その拷問室に備えてあった器具類が目に浮かぶ。ベルトコンベアー状の機械があって、その上を、革帯で体を支えながら際限なく歩き続けなければならなかった。つり輪には、じっとぶら下がっていなければならなかった。固定された自転車にも跨がり、あまりの苦痛に泣き叫んでもなお、ペダルを踏み続けなければならなかった。

私は、その部屋で味わった苦しみに加えて、施設に漂っていた匂いを思い出す。医薬品から発散する匂いだったが、そこには血や汗や尿や排泄物の臭いが混ざりこんでいた。

私はまた、何度も打たれた注射を、看護婦たちの白衣を、答えを与えられなかった数々の問いを、そしてとりわけ、何かが心待ちにされていたことを憶えている。当時あそこで心待ちにされていたのは、何だったのだろう？　おそらく体の恢復だったのだろうが、もしかすると、また別のことも期待されていたのかもしれない。

のちに私が聞き知ったところでは、病院に運びこまれた時、私は重病で、昏睡状態にあったらしい。私は四歳、ちょうど戦争が始まった頃だったという。

病院に入る前のことは、もう憶えていない。

静かな通りに面し、緑色の鎧戸を持った白い家、台所では私の母が歌を口ずさみ、中庭では父が薪割りをしていた――あの白い家に宿っていたまったき幸福は、かつての現実なのだろうか。それとも、病院でのあの五年間、いく度も眠れぬ夜をすごすうちに私が育《はぐく》んだ夢もしくは空想にすぎないのだろうか。

あの家の小さな寝室のもう一つのベッドに寝て、私と同じリズムで呼吸していたわが兄弟の名前を、私はまだ憶えているつもりなのだが、彼は死んでしまったのだろうか、それとも、そんな兄弟ははじめから存在しなかったのだろうか。

ある日、病院が変わった。施設は新たに「リハビリテーション・センター」と呼ばれたが、それでも病院にはちがいなかった。病室も、ベッドも、ロッカーも、看護婦たちも同じだったし、辛い訓練も継続された。

センターのまわりには、広大な庭があった。私を含めてセンターに収容されている子供は、屋外に出て、泥の池の中で跳ねまわることができた。私たちが泥んこになればなるほど、看護婦たちは満足した。私たちは仔馬に乗ることもできた。毛足の長いその仔馬は、私たちを背に乗せ、庭園のあちらこちらをゆっくりと散歩してくれた。

六歳の時、私は、センター内の小さな部屋を教室にしていた小学校に入学した。授業は一人の女の教員が担当していて、授業を受ける私たちは八人だったり、十二人だったりした。私たちの健康状態によって生徒数が変化するのだった。

女教師は、白衣を着てはいなかった。体にぴったりした短いスカートを、鮮やかな色のブラウスに合わせて身につけ、ハイヒールを履いていた。彼女は看護帽も被っていなかったから、豊かな髪が肩の上で揺れていた。その髪の色は、九月になると庭園の木から落ちてくる栗の色に似ていた。

私のポケットには、そのつやつやした果実がいっぱい入っていた。私はそれを、看護婦や監視係の女性たちを攻撃するときに、たくさん投げつけた。夜は、愚痴をこぼしたり、しくしく泣いたりしている子らのベッドに投げこみ、彼らを黙らせた。私はまたそれを、温室のガラスに向かっても投げつけた。温室では、年寄りの庭師がサラダ菜を栽培していて、私たち子供は、それを食べるよう強いられていたのだ。ある朝、非常に早い時刻に起きて、それらの栗を二十個ばかり、院長の部屋のドアの前にばらまいておいたことがある。彼女が足をすべらせて、階段から転げ落ちることを狙ってだった。しかし院長は、大きなお尻で尻もちをついただけで、どこも怪我しなかった。その時期には、私はもはや車椅子に坐っていなかった。松葉杖をついて歩いていた。たいそう進歩したと認められていた。

私は、八時から正午まで、授業に出ていた。食事のあとは昼寝の時間だったが、私は眠るかわりに、女教師から借りた本か、院長が執務室をちょっと離れたすきに彼女の書架から拝借した本を読んだものだ。午後は、皆と同じように体の訓練をしたが、夜は夜でまた、学校の宿題が待っていた。

もっとも、宿題はいつもさっさと片づけてしまって、そのあと手紙を書いた。女教師への手紙。ほんとうに渡したことは一度もなかった。両親への、兄弟への手紙。投函したことは一度もなかった。私は、彼らの住所を知らなかったから。

三年近くがこうして過ぎた。私には、もう松葉杖もいらなかった。ふつうの杖が一本あれば歩けた。私は、読み、書き、計算することができた。通信簿はなかったが、私はたびたび、壁に貼り出してあった生徒名簿の自分の名前の横に金色の星印をつけてもらった。とりわけ、暗算が得意だった。

女教師は、病院内に専用の寝室を持っていたけれど、毎晩そこで寝るわけではなかった。夕方になるとよく町へ出かけ、朝にならなければ帰ってこなかった。私は彼女に、自分をいっしょに連れていってくれる気はないかと訊ねた。彼女は、それはできない、私がセンターの外へ出ることは許されていないのだと答えたが、そのかわりチョコレートを買ってくることを約束してくれた。彼女は私だけに、こっそりチョコレートをくれたものだ。皆にやれるほどたくさんはなかったからだ。

ある夜、私は彼女に言った。

「男の子たちと同じ部屋で寝るのは飽きちゃった。女の人のそばで眠りたいよ」

彼女は笑う。

「女の子たちの部屋で寝たいの？」

「そうじゃないよ。女の子たちとじゃなくて、女の人といっしょに眠りたいんだ」

「女の人って、どんな女の人のこと？」

「たとえば、先生だよ。ぼく、先生の部屋で、先生のベッドで寝たいな」

彼女は、私の目の上に接吻した。

「あなたの年頃の男の子は、ひとりで寝なくちゃいけないのよ」

「先生も、眠るときひとりなの？」

「ええ、私もそうよ」

ある午後、彼女が、私の隠れ家の真下へやって来た。隠れ家というのは、一本のクルミの木の上の方の、枝の具合が快適な座席のようになっている場所のことで、私はそこで読書をしたり、町を眺めたりしたものだ。

女教師は、私に言った。

「今晩、仲間のみんなが寝ついたら、私の部屋に来ていいわ」

私は、連中が全員寝つくのなんか待たなかった。そんなことをしていたら、朝まで待つ羽目になりかねなかった。連中は、けっして全員揃って眠りなどしないのだった。同じしくしく泣いている者がいるかと思えば、一晩に十回もトイレに立つ者がいた。同じベッドに入って卑猥なことをする者たちもいたし、明け方まで話しこんでいる者たちもいた。

私は、泣き言を言っている連中にいつもの平手打ちを喰らわせてから、体が麻痺していて、動くことも口をきくこともないブロンドの少年のところへ、顔を合わせに行った。その子は、四六時中ただ天井ばかりを、あるいは、屋外に連れ出された時なら空ばかりを、微笑みを浮かべて見ているのだった。私は、彼の手を取った。その手を自分の顔にくっつけた。それから、彼の顔を自分の両手の中に包みこんだ。彼は、天井を見つめたまま、微笑んだ。

私は、共同大寝室の外へ出た。女教師の寝室へ行った。彼女はそこにいなかった。私は彼女のベッドに横になった。いい匂いがしていた。眠りに落ちた。私が目覚めたのは真夜中だったが、その時には彼女が、顔の上で腕を組み合わせ、私の横に寝ていた。私は、彼女の腕組みを解いた。彼女のその両腕の中に自分の体を入れるようにした。彼女に体をくっつけた。私はそのまま、眠ることなく、朝までじっとしていた。

病院の子供のうちには、自分宛ての手紙を受け取る者が何人かいて、看護婦たちが彼らに手紙を配ったり、本人が自分で読めない場合には読んでやったりしていた。のちには私が、字の読めない者たちに頼まれると、彼らに来た手紙を読んでやるようになった。私はたいてい、書いてあることの意味をわざと正反対に変えて読んだ。そうすると、たとえばこんな文面になった。「親愛なるわが子へ。とにかく治らないでほしいわ。うちでは家族みんな、あなた抜きでとても快適に暮らしています。あなたがいなくても、ちっとも淋しくなんかありません。お父さんもお母さんも、あなたが今いる所にずっといてくれたらと願っています。だって、家の中に障害者をかかえこむなんて真っ平ですもの。とはいえ、あなたのことも、少しは大事に思ってあげているのです。だから、おとなしく、いい子でいなさいよ。なんといっても、あなたのめんどうを見てくれる人たちは、ほんとうに奇特な方々《かたがた》なんですからね。私たちでは、とてもそれだけのことはしてあげられません。あなたの世話を他人まかせにできるなんて、私たちは幸運です。なにしろ今は、家に病人なんか一人もいないのです。そんなところへあなたに戻ってこられても、受け入れてあげる気にはなれません。あなたの父、母、姉妹、兄弟より」

私に手紙を読んでもらった子は、こんなふうに言ったものだ。

「この手紙、看護婦さんに読んでもらったときは、そんなんじゃなかったよ」

そうすると、私は言った。

「看護婦が違う読み方をしたとすれば、それはきみを悲しませたくなかったからさ。でも、ぼくは、書いてあるとおりに読んでやった。きみにも真実を知る権利があると思うからね」

相手は言った。

「ああ、知る権利はあるさ。でも、真実なんて聞きたくないよ。知らないほうがよかった。だから看護婦さんは、手紙の中身をわざと変えて読んでくれたんだ」

彼は泣いていた。

手紙だけでなく、小包を受け取る子も多かった。ケーキ、ビスケット、ハム、ソーセージ、ジャム、蜂蜜。院長は、包みの中身は皆で分けなければいけないと申し渡していた。それでも、食べ物を自分のベッドやロッカーの中に隠している子たちがいた。

私は、そういう子供のうちの一人のそばへ寄っていった。問いかけた。

「毒入りかもしれないぞ。怖くないのか?」

「毒入りだって? どうして?」

「親っていうのは、不具の子を持つくらいなら、その子が死んだほうがいいって思うものさ。このこと、考えてみたこともないのか?」

「ないさ。そんなこと考えるわけがない。きみの言っていることなんか、でたらめだ。あっちへ行けよ」

時間がたってから、私がこっそり見ていると、そんなふうに言い返した子が、小包をセンターのゴミ置場に捨てるのだった。

親たちが、子供と面会するために訪ねてくることもあった。私は、そんな親たちが来るのをセンターの門のところで待ち構えた。そして彼らに、訪問の目的と子供の名前を訊ねた。彼らが答えると、私は言った。

「お気の毒です。お子さんは二日前に亡くなりました。まだ通知の手紙をお受け取りになっていないんですか？」

　こう言ってから、私は大急ぎでその場を立ち去り、姿をくらましました。

　院長が私を呼び出した。私に問うた。

「いったいどうして、あなたはそんなに性悪《しょうわる》なの？」

「性悪？　ぼくがですか？　何のことをおっしゃっているのか、ぼくにはさっぱり……」

「いいえ、よくわかっているはずよ。子供が死んだって、訪ねてこられた親御《おやご》さんに告げたわね」

「それがどうかしましたか？　あの子、死んだんじゃないんですか？」

「ちゃんと生きているわよ。あなたもよく知っているとおりね」

「ぼく、きっと名前を間違えたんです。みんな似たり寄ったりの、まぎらわしい名前なんでねえ」

「あなたの名前だけは別だっていうんでしょ、違うかしら？　とにかく、今週亡くなった子なんて一人もいないんですからね」

「あれ、そうなんですか？　じゃあ、ぼく、先週とごっちゃにしたんですね」

「ええ、そうに違いないわね。でも、今後のために言っておくわ、名前にせよ、週にせよ、もう混同しないように注意しなさい。それより何より、あなたは、子供たちの親や訪問客に話しかけてはいけません。それから、字の読めない子たちに、その子たちの受け取った手紙を読んでやること、これも禁じます」

私は言った。

「そのことなら、親切に手助けしたつもりだったんですよ」

彼女は言った。

「相手が誰であれ、あなたが他人の手助けをすることは禁止です。わかったわね？」

「ええ、院長先生、わかりました。でも、それなら、誰も文句を言わないようにしていただかないと……。ぼくはもう、ほかの子が階段を昇るとき手を貸さないし、倒れた子がいてもかかえ起こさないし、誰にも算数を教えてやったり、手紙の文字の綴りを直してやったりしませんからね。ぼくに誰の手助けもしてはいけないとおっしゃる以上、ほかの子がぼくに頼みごとをするのも禁じてくださいよ」

彼女は、私を見つめてしばらく黙っていた。そして言った。

「いいわ。行きなさい」

私は院長室を出た。すぐそこで、一人の子が泣いているのを見かけた。その子は、持っていた林檎《りんご》を落としてしまい、どう頑張っても拾うことができないでいるのだった。私は、その子のそばを通りぬけざま言い放った。

「勝手に泣けばいいけれど、いくら泣いたって林檎は戻ってこないぞ、不器用者」

車椅子に坐ったままの彼は、私に頼んだ。

「お願いだから、拾ってくれないか？」

私は言った。

「自分でなんとかするんだな、間抜けめ」

夕方、院長が食堂へやって来た。彼女は訓話をし、その締めくくりのところで、私に頼みごとをしてはいけない、何か必要があったら看護婦か、教員か、万一やむを得ないときには院長である彼女自身に訴えるべきで、ほかの誰にも頼みごとをしてはならないと言った。

こうしたことがあったあと、私は週に二回、医務室の隣の小部屋へ行くように言われた。そこには、非常に年取った婦人が、膝に厚手の毛布を掛け、大きな肘掛け椅子に坐っているのだった。私は以前から、その様子を聞いてはいた。その部屋に通っていたほかの子供たちは、老婦人はとてもやさしくて、まるで自分のおばあちゃんみたいだ、折りたたみ式の簡易ベッドに寝ころぶにせよ、机に向かって腰かけ、何でも好きな絵を描くにせよ、彼女といるのはいい気持ちだ、と話していた。その部屋では、絵本を見ることもできるし、何を言っても叱られないとのことだった。

私が初めてその部屋へ行った折り、私と老婦人は一言《ひとこと》「こんにちは」と挨拶を交わしたきり、何も話さなかった。まもなく、私は退屈してしまった。彼女の本は私の興味を惹かなかったし、私は絵を描きたいという気分でもなかった。そこで私は、ドアから窓へ、窓からドアへと、部屋の中を歩いていた。

しばらく時間が経過したところで、彼女が私に問いかけた。

「どうしてそんなふうに、休みなく歩いているの？」

私は、彼女に返事しようと歩みを止めた。

「この不具の脚《あし》を訓練しなくちゃなりませんから。ぼくは、ほかに何もすることがないときには、必ず歩くようにしているんです」

彼女は、皺だらけの顔に微笑みを浮かべて私を見た。

「その脚、とてもしっかりしているように私には見えるわ」

「いや、まだまだです」

私は、杖をベッドの上に投げ出した。何歩か歩いた。窓の近くで転んだ。

「ほらね、どんな具合かわかるでしょう？」

私は這って進んだ。杖を取り戻した。

「これなしで歩けるようになるまでは安心できないんです」

その後は、決められた時刻になっても、私は老婦人の小部屋へ行かなかった。皆がセンター内をくまなくめぐって私を捜したが、私は見つからなかった。私は、庭の奥のクルミの木の上に坐っていたのだ。その隠れ家を知っているのは女教師だけだった。

最後にその小部屋へ行ったのは、院長自身の手で連れていかれたのだった。昼食の直後につかまったのだ。院長は、私を部屋の中へ押しこんだ。私はベッドの上に倒れた。そのまま、そこにじっとしていた。そばで老婦人が、私にあれこれ質問していた。

「お父さんやお母さんのことは憶えているの？」

私は答えた。

「いや、全然。あなたは憶えているんですか？」

彼女は、自分の質問を続けた。

「夜、寝るとき、どんなことを考えるの？」

「眠ることです。あなたの場合は違いますか？」

彼女は、なおも問いかけてきた。

「ここのお友だちのご両親に、その子が死んだって告げたそうね。何の目的でそんなことしたの？」

「その親たちを喜ばせてやろうと思ったんです」

「どういうこと？」

「だって、自分の子供が不具で生きているんじゃなくて、死んだと聞けばうれしいものですよ」

「どうしてあなたに、そんなことがわかるの？」

「とにかく、ぼくにはわかっている。ただ、それだけです」

老婦人は私に、また訊ねた。

「あなたがそういうことをするのは、あなたの親が一度も訪ねてきてくれないからかしら？」

私は、彼女に言った。

「そんなこと、あなたに何の関係があるんです？」

彼女はさらに言った。

「あなたの親は便りをくれたためしがないわね。小包だって、送ってくれたことがない。それであなた、ほかの子にうっぷんをぶつけて晴らしているんでしょう」

私は、ベッドから立ち上がった。言った。

「そのとおりさ。あんただって容赦しないぞ」

私は、杖で彼女を打った。力あまって、ベッドから転げ落ちた。

彼女は悲鳴を上げた。

彼女は悲鳴を上げ続けたが、私は、転げ落ちたその場で床に這ったまま、彼女を打ち続けた。私が振りおろす杖はもはや、彼女の脚まで、膝までしか届かなかった。

看護婦たちが、悲鳴を聞いて、部屋に入ってきた。彼女たちが私を取り押さえ、別の小部屋へ連れていった。その小部屋は、老婦人の小部屋と同じ造りだったけれど、机も本箱もなく、ベッドが一つあるだけで、ほかには何もなかった。窓には格子が嵌まっていた。またドアには、外から鍵が掛けられていた。

私はいっとき眠った。

目覚めると、私はドアを叩いた。何度も足で蹴った。大声を出した。私は自分の持ち物を、宿題を、本を要求した。

誰からも返事がなかった。

真夜中になって、女教師が部屋に入ってきた。彼女は狭いベッドの上で、私の隣に身を横たえた。私は、彼女の髪の中に顔を埋《うず》めた。そうしていると突然、強烈な痙攣《けいれん》に襲われた。全身が震え出した。嗚咽《おえつ》をこらえきれず、口からしゃっくりが飛び出した。目は涙でいっぱいになった。鼻からは鼻水が流れ出した。私は、とめどもなく泣きじゃくっていた。

センターでは、食糧が足りなくなる一方で、庭園を野菜畑に作り変えなければならなかった。働ける者は皆、年寄りの庭師の指揮のもとで作業した。ジャガ芋や、いんげん豆や、にんじんを植えたのだ。私は、自分がもう車椅子に坐っていないのが残念だった。

空襲警報が出て地下倉庫に降りなければならないことも、頻度が増す一方だった。警報が出るのは、ほとんどいつも夜中だった。看護婦たちが、歩けない子供たちを抱きかかえていた。ジャガ芋が山積みにされ、石炭の袋があちこちに置かれているなかで、私は女教師の姿を見つけると、いつも彼女に体を寄せた。そして彼女に、怖がることはないのだと耳打ちした。

爆弾がセンターに落ちたとき、私たちは教室にいた。そもそも、警報は出ていなかった。近辺に爆弾が落ちはじめ、生徒たちは机の下にもぐり込んでいたが、私だけは、起立したままでいた。ちょうど、一篇の詩を暗誦している最中だった。女教師が、私に駆け寄り、飛びかかった。私は、床に押し倒された。何も見えなかった。彼女の体に圧迫されて息苦しかった。彼女を押しのけようとしたが、彼女の体はますます重くなっていった。どろっとして生温かい、塩辛い液体が、私の目に、口に、首すじに流れこんだ。私は気絶した。

私は、気がつくと体操室にいた。一人の修道女が、湿らせた布で私の顔を拭いているところだった。彼女が誰かに言っていた。

「この子は無傷のようだわ」

私は嘔吐を催した。

体操室内のいたるところで、人々が藁布団《わらぶとん》に寝かされていた。子供も、大人もいた。泣き叫んでいる者もいたが、身動きしない者もいて、その者たちは、死んでいるのか生きているのか、見分けることができなかった。そんな人々のうちに、私は女教師を捜したが、見つからなかった。体の麻痺したブロンドの少年もまた、そこにいなかった。

翌日、私はいろいろと訊かれた。氏名や、両親や、住所のことで質問された。だが私は、それらの質問にいっさい耳を貸さなかった。もはや返事をしなかった。口をきかなかった。すると、まわりの者は、私を聾啞《ろうあ》者だと思いこんだ。その結果、そっとしておいてくれた。

私は新しい杖をもらった。そして、ある朝、修道女の一人が私の手を取った。私たちは駅へ行った。列車に乗りこんだ。別の町に到着した。私たちはその町を徒歩で横切り、森に近い、町はずれの家まで行った。修道女は、私をそこに、ある年寄りの百姓女の家に置いて帰った。のちに私は、その老女を「おばあちゃん」と呼ぶようになった。

彼女のほうは、いつも私を「牝犬の子」と呼んだ。

私は、駅のベンチに坐っている。乗るつもりの列車を待っている。その到着まで、まだ一時間近く余裕がある。

ここからは、町全体が見える。私がほとんど四十年の歳月をすごした町だ。

昔、私がここに辿り着いた頃は、感じのいい小さな町だった。湖と森に囲まれ、こぢんまりした古い家々が建ち並び、公園が多かった。今では、この町と湖のあいだに高速道路が割ってはいり、周辺の森は荒らされ、公園はなくなり、新しく建った高層ビルのせいで町の景観が損なわれている。旧市街の狭い通りは、歩道にいたるまで自動車で混雑している。古い居酒屋に取って代わったのは、画一的なレストランや、慌ただしく、ときには着席さえせずに食事をすませるセルフサービスの店だ。

私がこの町を眺めるのは、これが最後だ。戻ってはこないつもりだ。この町では死にたくない。

誰にも挨拶せず、別れも告げてこなかった。この町に、もう友だちはいないのだ。それにもまして、女友だちはいない。大勢いた私の愛人たちは結婚し、母親となり、今ではもう、そうは若くないはずだ。私も、往来で彼女たちに出くわしても気がつかなくなって久しい。

親友のペテールとは、私の若いとき彼が後見人になってくれて以来の仲だったが、彼は二年前に梗塞の発作で死んだ。彼の妻はクララといって、未経験だった私を導いてくれた最初の愛人でもあったのだが、はるか昔に自殺してしまった。彼女は、自分に現れはじめた老いの兆候に我慢がならなかったのだ。

私は去っていく。あとには、誰も、そして何も残さない。所有していた物は、すべて売り払った。すべてといっても、大したものはなかった。私の家具は二束三文だったし、蔵書はそれ以下だった。古いピアノといく枚かの絵を売ることで若干の金銭を得たものの、それで全部だった。

列車が着く。私は乗る。持っているのは、旅行カバン一つだ。この町を発《た》つ私の持ち物は、かつてこの町にやって来た時と比べても、あまり多くない。この豊かで自由な国に生きながら、私は財産を作らなかったわけだ。

私は故国に入国するための観光ビザを所持している。たった一カ月しか有効期間のないビザだが、更新は可能だ。持っているお金が足りて、あちらで数カ月、場合によっては一年ほども暮らせることを願っている。薬も、長期滞在に備えて用意した。二時間後、国際的な、大きな駅に着く。さらに待ち時間をすごし、それから私は、寝台を予約しておいた夜汽車に乗りこむ。予約しておいたのは下の段の寝台だ。というのも、私には、自分が眠らないであろうこと、煙草を吸うためにたびたび車室を出るであろうことがわかっているのだ。

今のところ、この車室にいるのは私ひとりだ。

少しずつ、車内が人で埋まっていく。一人の老婦人、二人の若い娘、私くらいの年齢の男。私は、車室から通路に出る。煙草を吸う。夜の闇を凝視する。午前二時頃、私は寝台に横になった。そして、少し眠ったと思う。

早朝、また別の大きな駅に到着。三時間の待ち時間を、ビュッフェでコーヒーを何杯か飲みながらやりすごす。

次に乗った列車は、私の故国から来ている列車だ。乗客の姿はまばらだ。坐り心地の悪い座席、うす汚れた車窓、煙草の吸殻でいっぱいの灰皿、黒く汚れ、靴底にべとつく床、ほとんど使用不可能のトイレ。食堂車も、ビュッフェもない。乗客たちが、それぞれの昼食を取り出し、食べ、油じみた包み紙と空《から》になったびんを、窓ぎわのテーブル板の上に放置する。あるいは、座席の下に捨てる。

乗客のうち、私の故国の言語《ことば》を話している者は、たった二人しかいない。私は、彼らの話し声に耳を傾ける。しかし、彼らに話しかけはしない。

私は窓の外を見る。風景が変わる。列車は山岳地帯をあとにする。平野に入る。

持病の痛みがまた始まる。

いつもの薬を、水なしで呑みこむ。飲み物を携行することまでは考えなかったのだ。かといって、ほかの乗客に飲み物をくれと頼むのも気が進まない。

目を閉じる。列車が止まる。列車が国境に近づきつつあることを、私は知っている。

国境だ。列車が止まる。国境警備兵、税関吏、警察官が乗ってくる。私は、パスポートを見せるよう求められる。私がそれを手渡すと、一瞥《いちべつ》して、にこやかに返してくれる。それに反して、国の言語《ことば》を話す二人の乗客は長々と取り調べを受ける。そのうえ、彼らは、荷物の中身も調べられる。

列車がふたたび走り出す。が、これ以後、各停車場で乗りこんでくるのは地元の人間ばかりだ。

私の故郷の小さな町には、外国から来る列車は止まらない。私は、国境からより遠く、また都市としてもより大きな隣の町に到着する。ただちに乗り換えることもできる。駅員が、三両編成の赤い小さな列車を指さして、一番ホームから一時間おきに小さな町へ向かって発車するのだと教えてくれた。私は、その列車が出ていくのを見送る。

私は駅の外に出、タクシーをつかまえ、ホテルまで乗る。客室に入り、ベッドに横になり、そして、すぐに眠りに落ちる。

目覚めた私は、窓のカーテンを開ける。窓は西向きだ。遠方の、私の思い出の小さな町の山の向こうに、陽が沈もうとしている。

毎日、私は駅へ行く。赤い列車が到着し、また発車していくのを眺める。そのあと、町を散歩する。夜になると、ホテルのバーで、または町の居酒屋で、見知らぬ人々に混じってグラスを傾ける。

ホテルの私の部屋にはバルコニーが付いている。陽気もよくなってきているから、私は、好んでそのバルコニーに椅子を持ち出し、坐る。するとその位置から、この四十年来見たことのなかった空、果てしなく広大な空が見える。

私は町の中を、ますます遠くまで散歩する。町の外へ出ることさえある。田園を散策するのだ。

私は今、石と金属を組み合わせた壁にそって歩いている。その壁の向こう側で、一羽の小鳥が囀《さえず》っている。眼を上げると、すっかり葉の落ちたマロニエの枝々がそこにある。

鉄製の門の扉が開いている。私は中に入る。入口の近くにある、苔におおわれた大きな石の上に腰を下ろす。この大きな石を、私たちは「黒い岩」と呼んだものだった。けれどもこの石は、昔から黒かったことなど一度もなく、かつてはむしろ灰色か青に近かった。そして今では、すっかり緑色だ。

私は庭園を見まわす。確かにこの庭だ。庭の奥に位置している大きな建物にも見覚えがある。木々はもしかすると、あの頃と同じ木々かもしれない。小鳥たちは、もちろん同じ小鳥たちであるはずがない。長い年月が流れたのだ。一本の木は、どれほどの時間生きるのだろう？　一羽の小鳥は、どれほどの時間生きるのだろう？　私には見当もつかない。

では人々は、どれほどの時間生きているのだろう？　永遠に生きている……ように思える。というのは、今私の目の前に、あのセンターの院長が近づいてくるからだ。

彼女が問う。

「ここで何をしていらっしゃるんですか？」

私は立ち上がる。彼女に言う。

「眺めているだけです、院長先生。私は、子供の頃の五年間をここですごしたんです」

「それ、いつのことですか？」

「かれこれ四十年ばかりも前のことです。当時はリハビリ・センターの院長をなさっていませんよ。いや、もう四十五年たちました。あなたのお顔も忘れていませんよ。当時はリハビリ・センターの院長をなさっていましたね」

彼女は怒鳴る。

「なんて失礼なの！　いいですか、四十年前にはね、私は生まれてもいませんでしたわ。それでも私、けしからん下心のある人は遠くからでも見分けがつくんです。出ていってください。さもないと警察を呼びますわよ」

私は引き上げる。ホテルに戻る。バーで、たまたま出会った男とともに酒杯をかさねる。その男に、院長とのことを話す。

「同じ女でないことは明白だよ。もう一人のほうは死んじまったにきまっている」

私の新しい友人は杯《さかずき》を上げる。

「結論を言おう。院長女史たちが年齢にかかわりなく同じような風貌なのか、あるいは彼女たちの寿命が非常に長いのか、この二つに一つだ。明日、私があんたに付き添って、センターとやらへ出かけよう。あんたも明日は、その施設を気兼ねなしに見てまわれるぞ」

翌日、どこの誰とも知れぬその男が、しらふに戻って、私を迎えにホテルに来る。私を車に乗せてセンターまで行く。センターの敷地に入る直前、門の前で、彼が私に言う。

「ところで、あなたがお会いになった例の老婦人のことですがね、おっしゃるとおり同一人物です。ただ、彼女はもう、ここでも、ほかのどこでも、院長じゃないんです。確かな筋から聞きました。あなたがおられた頃リハビリ・センターだったこの施設、今は養老院になっているんです」

私は言う。

「共同大寝室だけ、ちょっと見てみたいんです。それと、あとは庭をね」

クルミの木は、かつてと同じ場所にまだあった。だが、ずいぶん老いさらばえているように見える。もうじき枯れてしまうにちがいない。

私は、自分の連れに言う。

「私の木、もうじき枯れてしまいます」

彼は言う。

「感傷的になってはいけませんよ。すべてはいつか死ぬんです」

私たちは建物の中に入る。廊下を歩く。四十年前、私を含めてあんなにも多くの子供が共同で使っていた大寝室に入る。私は、敷居のところで立ち止まる。見まわす。何ひとつ変わっていない。一ダースほどのベッド。白い壁。白いシーツにおおわれた、人のいないベッド。昔も、この時刻は、ベッドに人の気配はなかった。

駆け上がるようにして、私は上の階へ昇る。自分が数日間閉じこめられた部屋のドアを開ける。ベッドが、あの時と同じ場所に相変わらずある。もしかするとベッド自体も、あの時のあのベッドなのかもしれない。

一人の若い女性が、私たちを玄関まで見送ってくれる。彼女が言う。

「ここのものは何もかも、空襲で焼けてしまったんですよ。でも、すべて復元されました。昔どおりにです。ですから、何もかも昔そっくりなんです。なにしろ、とても美しい建築ですからね。変えちゃいけないんです」

ある午後、散歩中に持病の痛みがぶり返す。ホテルへ戻る。薬を飲む。荷物をまとめてカバンに詰める。ホテルの勘定を払う。タクシーを呼ぶ。

「駅まで」

タクシーが駅の前で止まる。私は、運転手に言う。

「K市までの切符を買ってきてくれたまえ。私は病気なんだ」

運転手は言う。

「そんなのはおれの仕事じゃないよ。おれはあんたを、ちゃんと駅まで運んできた。それで十分だろう、降りてくれ。病人なんかに用はないんだ」

彼は、旅行カバンを舗道に下ろす。私の坐っているほうのドアを開ける。

「出てくれ。おれの車から出てくれ」

私は、財布の中の外貨を取り出す。それを彼に差し出す。

「お願いだ」

運転手は、駅の建物に入っていく。私の切符を手にして出てくる。私が車から降りるのを助ける。私の腕を取って横から支える。私の旅行カバンを持つ。私に付き添って、一番ホームまで来る。私の横で、列車が来るのを待つ。列車がホームに着くと、私に手を貸して客車に乗りこむ。旅行カバンを、私の横にきちんと置く。車掌に、私のことをよろしくと依頼する。

発車。どの車室にも、ほとんど人がいない。車室の中では禁煙だ。

私は目を閉じる。痛みが和らいでいく。列車は、ほとんど十分おきに停車する。私は知っている。四十数年前、自分がすでにこの路線を列車で移動したことを。

　小さな町の駅に着くまでに、その列車は一度止まった。修道女が私の腕を引っ張った。私を揺すぶった。私は動かなかった。彼女は列車から跳びおりた。走った。野原に伏せた。乗客全員が走り、野原に伏せた。私ひとり、車室に残っていた。飛行機が編隊を組んで私たちの頭上を突っ切り、列車に機銃掃射を浴びせていった。静けさが戻ると、修道女も戻ってきた。彼女は、私の横っ面を引っぱたいた。列車はふたたび動き出した。

　私は目を開ける。到着が近い。早くも、銀色の雲が山の上にたなびいているのが前方に見える。続いて、城のいくつかの塔と、数多い教会の鐘楼が視界に入ってくる。四月二十二日、四十年の不在ののち、私は、子供の頃の思い出の小さな町に帰ってきた。

　駅は変わっていない。ただ、昔より清潔《きれい》になっていて、花まで飾られている。この近辺に昔から咲いている花だ。もっとも、名前は知らない。それに私は一度として、ほかの土地でこの花を見かけたことがない。

　また、この駅からバスも出るようになったらしく、折りしも一台が、列車から降りたごく少数の人々と、駅の向かい側の工場の労働者たちを乗せて、遠ざかっていく。

が、私は、バスには乗らなかった。私はそこに、駅頭に、旅行カバンを地面に下ろして佇《たたず》んでいる。そして、町の中心部へ通じている駅通りのマロニエの並木道を眺めている。

「ぼくに荷物を運ばせてくれませんか？」

十歳くらいの男の子が、私の前に立っている。

彼が言う。

「おじさん、バスは行っちゃいましたよ。次のは、三十分待たないと来ません」

私は、その子に言う。

「かまわんよ。歩いて行くから」

彼が言う。

「この旅行カバンは重いですよ」

彼は、私の旅行カバンを持ち上げる。そしてそれっきり、放そうとしない。私は笑う。

「そうとも、そいつは重い。きみの力じゃ、そう遠くまでは運べないよ。おじさんにはわかるのさ。なにしろ、荷物運びの仕事じゃ、きみの先輩だからね」

子供は旅行カバンを下ろす。

「へえ、そうなの？　いつやっていたの？」

「私がきみの歳だった頃さ。ずいぶん昔だ」

「どこでやっていたの？」

「ここでさ。この駅の前でだよ」

彼が言う。

「ぼく、ちゃんと運べますよ、このカバン」

私は言う。

「よし、運んでもらおう。ただし、十分くらい私に遅れて出発してくれたまえ。ひとりで歩いてみたいんだ。とにかく、焦らずゆっくり来ればいい、私は急いじゃいないからね。先へ行って、〝黒の庭〟で待っている。あの公園がまだあればの話だが……」

「わかりました。〝黒の庭〟ならあります」

「黒の庭」とは、マロニエの並木道の先にある小さな公園だ。敷地を囲っている鉄柵を別にすれば、この公園に黒いところなど全然ない。私は、公園内のベンチの一つに腰かける。少年を待つ。まもなく、少年が到着し、旅行カバンを、私の正面に位置するもう一つのベンチの上に載せる。彼は腰を下ろす。息切れしている。

私は煙草に火をつける。問う。

「どうしてこんな仕事をしているんだい？」

彼は言う。

「自転車を買いたいんです。シクロクロス用の自転車です。煙草を一本いただけませんか？」

「断る。きみに煙草はやれない。私はもう先が長くないんだが、原因は煙草だ。きみ、私のように煙草で死んでもいいのか？」

彼は言う。

「どうせ死ぬなら、その原因が何であれ……。いずれにせよ、あらゆる科学者が述べているとおり……」

「ほう、どんなことを述べているのかね、科学者たちは？」

「地球はもうだめだって言っているんです。もはや手の施しようがないって。何かするには、もう遅すぎるんです」

「そんな話、どこで聞いたんだい？」

「どこでも聞きますよ。学校とか、とくにテレビで聞きます」

私は、吸っている煙草を捨てる。

「とにかく、きみに煙草はやらない」

彼は、私に言う。

「意地が悪いんですね」

私は言う。

「そうとも、私は意地悪だ。意地悪じゃいけないかね？　ところで、この町のどこかにホテルはあるかい？」

「もちろん。いくつもありますよ。知らないんですか？　この町のことに詳しい様子なのに」

私は言う。

「私がこの町に住んでいた頃は、ホテルはなかった。一つもなかった」

彼が言う。

「ということは、それはすごく昔のことなんですね。中央広場に、建って間もないホテルがあります。町でいちばん大きなホテルだから、グランド・ホテルという名前です」

「そこへ行こう」

ホテルの前まで来て、子供は、私の旅行カバンを路上に下ろす。

「ぼくは中には入れません。ぼく、受付の女の人に知られているんです。あの人、きっとぼくの母さんに言いつけるから」

「何を言いつけるんだい？　私の旅行カバンを運んだことをかい？」

「そうです。母さんは、ぼくが荷物運びをするのを嫌っているんです」

「なぜ？」

「わかりません。とにかく母さんは、ぼくにそんなことをさせたくないと思っているんです。ぼくには、勉強だけさせておきたいんです」

私は訊ねる。

「きみのご両親は何をしているんだい？」

彼は言う。

「ぼくには片親しかいません。母さんだけなんです。父さんはいません。ぼくが生まれた時からいないんです」

「じゃあ、彼女は何をして暮らしているんだい、きみのお母さんは？」

「それが実は、ここで、このホテルで働いているんです。日に二回、ここのタイル張りの床を洗うんです。でも母さんは、ぼくには学者になってほしいと思っているんです」

「何の学者にだね？」

「そこのところは、母さんにはわからないんです。だって母さんは、学者の仕事がどんなものか知りませんからね。たぶん、大学の先生とか、お医者とかのことを考えているんだと思います」

私は言う。

「なるほど。カバン運びの料金はいくらかね？」

彼は言う。

「額はおまかせします」

私は彼に、小銭を二枚渡す。

「これでいいかね？」

「はい、いいです」

「いや、だめです――そう言わなくちゃ。だって、これじゃ全然足らんよ。きみがあの重いカバンを駅からここまで運んでくれたのは、いくらなんでもこれっぽっちのお金にありつくためじゃなかったろう！」

彼は言う。

「ぼくは、お客がくれるだけをもらうんです。それ以上要求する権利はありません。

それに、貧乏なお客さんもいます。だからぼくは、無料で荷物を運ぶこともあります。ぼくは、この仕事が気に入っているんです。駅で待つのが好きなんです。よそからやって来る人に会うのが好きなんです。この町の人なら、ぼくは一人残らず知っています。話したことはなくても、顔は知っているんです。ぼくが楽しみにしているのは、ほかの土地の人たちが到着するのを見ることなんです。たとえば、おじさんのようにね。おじさんは、遠くから来たんでしょう?」

「そう、非常に遠くから来た。別の国から来たんだ」

私は、彼に一枚の紙幣を与える。そしてホテルの中に入る。

私は、角部屋の一つを選ぶ。その部屋の窓からは、広場全体、教会、食料品店、さまざまの小売店、書店が見渡せる。

現在、夜の九時。広場は人通りが絶えている。家々に明かりが灯っている。シャッターが下ろされる。鎧戸が閉じられる。カーテンが引かれる。広場が取り残される。

私は、部屋にある複数の窓のうちの一つを選んでその手前に陣取る。広場を、家々を、夜がすっかり更けるまで、見つめる。

子供の頃、私はしばしば、中央広場に面する建物の一つに住むことを夢見た。どの家でなければならないということはなかったが、とりわけ、壁面の青い家に惹かれていた。その家の一階は、当時書店になっていたのだが、今も依然として書店のままだ。しかし、私がこの町で住んだことのあるのは、「おばあちゃん」が所有していた荒れ果てた小さな家だけだ。その家は、中心部から遠く離れた町はずれにあって、国境に近接していた。

おばあちゃんの家では、私は、おばあちゃん同様、朝から晩まで働いていた。彼女は、私を食べさせてくれ、住まわせてくれた。けれども、けっしてお金はくれなかった。ところが、石鹸・歯磨き粉・服・靴下などを買うためには、まさにお金が必要だった。そこで私は、夜になると町へ出かけ、居酒屋でハーモニカを演奏した。森で柴刈りをし、その柴や、茸《きのこ》や、栗を売った。また、おばあちゃんから掠《かす》め取った卵や、またたく間にうまく釣れるようになった魚を売った。さらに私は、依頼者を問わず、あらゆる種類の雑用を引き受けた。メッセージや手紙や小包を届けたものだ。私は人人に信用されていた。耳が聞こえず、口もきけないと思われていたからだ。

はじめのうち、私はいっさい口をきかなかった。おばあちゃんにさえ口をきかなかった。しかし、まもなく、ものを値切ろうとして、どうしても数字を声に出して言わざるを得なくなった。

夜、よく中央広場をうろついたものだ。眼が向く先は、書籍文具店のウィンドーだった。白紙の束、学習帳、消しゴム、鉛筆。すべて私には高価すぎた。

ふだんよりもう少し多くのお金をかせぎたくなった私は、時間の余裕が生まれるたびに、駅へ行って旅行者を待った。彼らの荷物を運ぶ仕事をしたのだ。

そうして私は、一束の紙、一本の鉛筆、一個の消しゴム、そして一冊の大きな帳面を買うことができた。その大きな帳面に、私は、私の初めての嘘を書きしるしたのだった。

おばあちゃんが死んでから十数カ月たったある日、私の家にノックもせず、いきなり入ってきた者たちがいた。彼らは三人で、そのうちの一人は国境警備兵の制服を着ていた。あとの二人は私服姿だった。その二人のうちの一人は、一言《ひとこと》も話さなかった。もっぱら書記の役目だった。彼は若かった。ほとんど私と同じくらいに若かった。もう一人は白髪だった。私に質問を浴びせたのは、その男だった。

「いつからここに住んでいるのかね？」

私は言う。

「さあ、よくわかりません。病院が爆撃されてからです」

「さあ、よくわかりません。センターです」

制服の男が口をはさむ。

「私がこの小隊の指揮をとるようになった時には、この者はすでにここに住んでおりました」

私服は訊ねる。

「それはいつのことかね？」

「三年前です。しかし彼は、もっと前からここで暮らしていたんです」

「どうしてわかる？」

「そりゃ一目でわかります。この家の周辺で働いている様子から見て、昔からずっとここで暮らしてきた者であることは明らかでした」

白髪の男は、私の方に向き直る。

「旧姓マリア・Zという V夫人とのあいだに、きみは血縁関係があるのかね？」

私は言う。

「ぼくのおばあちゃんです」

彼が私に訊ねる。

「どこの病院だね？」

「その血縁関係を証明する書類《パピエ》を持っているかね？」

私は言う。

「いいえ、ぼく、書類《パピエ》というようなものは一枚も持っていません。持っているのは、文具店で買う紙《パピエ》だけです」

彼は言う。

「もうよかろう。書き取りたまえ！」

私服の青年が書きはじめる。

「旧姓マリア・ZことマリアＶ夫人は、相続人なしに死亡した。よって夫人の全財産、家屋、及び土地は、国有財産としてK市に帰属する。K市自治体は、それらを自由に使用すべし」

男たちが立ち上がる。私は、彼らに問う。

「ぼくはどうすればいいんですか？」

彼らは顔を見合わせる。制服の男が言う。

「きみは、ここから出ていかなくてはならん」

「なぜ？」

「なぜって、この家、これはきみのものではないからだ」

私は訊ねる。

「いつ出ていかなくちゃいけないんですか？」

「それは私にはわからん」

彼は、グレーの私服の男の方を見る。私服が言う。

「きみには近いうちに通知する。歳はいくつなのかね？」

「もうじき十五です。ぼく、トマトが熟すまでは出ていけません」

彼が言う。

「ふむ、そうだろうとも、トマトね……。きみはまだ十五歳なのか？　それなら、問題はなかろう」

私は問う。

「ぼく、どこへ行けばいいんですか？」

彼は一瞬黙る。制服の男の方を見る。制服の男も彼を見る。私服が視線を落とす。

「心配しなくていい。めんどうは見てもらえる。信頼して待っていることだ」

三人の男が帰っていく。私は、足音を立てないように原っぱづたいに、彼らのあとをつける。

国境警備兵が言う。

「あの子をそっとしておいてやっていただけませんか？　感じのいい純朴な若者で、働き者なんです」

私服の男が言う。

「そりゃ到底無理な相談だ。法律というものがある。Ｖ夫人の土地は自治体のものだ。ほとんど二年も前から、きみのほめる純朴な若者とやらは、何の権利もないのにあの土地で暮らしているんだよ」

「けれど、それで誰かが迷惑していますかね？」

「いや、別に誰も……。おいおい、しかしだな！　それにしても、いったいきみ、どうしてあの不良をそんなに弁護するんだ？」

「この三年来、私は、あの子が畑と家畜の世話をするのを見てきているんです。あれは不良なんかじゃない。少なくとも、あなたが不良でないなら、あの子だって不良じゃありませんよ」

「きみ、失敬にも私を不良扱いする気か？」

「けっしてそんなこと言っちゃいません。私は、あなた同様、あの子も不良ではないと言っただけです。それにね、私の知ったことじゃないですよ。あなたのことも、あの子のことも。あと三週間で私は退役なんです。そしたら自分の庭の世話をして暮らすんです。でも、あなたは違う。あの子を路頭に迷わせるようなことをしたら、良心の咎《とが》めを受けますよ。もう失礼します。どうぞ枕を高くしておやすみください」

私服は言う。

「われわれは、あの子を路頭に迷わせはせん。めんどうを見てやるんだ」

彼らは行ってしまう。数日後、またやって来る。同じ白髪の男と青年に、女性が一人ついて来ている。年配の婦人で、眼鏡をかけていて、センターの院長に似ている。

彼女が私に言う。

「よく聞いてちょうだい。私たちね、あなたのこと、悪いようにするつもりはないのよ。めんどうを見てあげようと思っているの。あなた、私たちといっしょに来れば、あなたと同じような子供たちが暮らしている大きくて立派な館へ行けるわよ」

私は、彼女に言う。

「ぼくはもう子供じゃありません。めんどうなんか見てもらわなくても、やっていけるんです。それに、もう病院へは行きたくないんです」

彼女は言う。

「そこは病院じゃないわ。あなたはその館で勉強もできるのよ」

私たちは台所にいる。婦人が話している。が、私は耳を貸さない。白髪の男も話している。私は、彼の言っていることにも耳を貸さない。彼は、私を見もしない。すべてを書き取っている青年だけは、何も言わない。

帰りぎわに、婦人が言う。

「心配しないでね。私たちが付いているのよ。今に万事うまくいくわ。私たち、あなたをひとり放っておいたりはしない。ちゃんとめんどうを見てあげる。きっと、あなたを救ってあげる」

男が言い足す。

「今度の夏までは、この家に住んでいてかまわない。取り壊し作業の開始は、八月末の予定だ」

私は怖い。私のめんどうを見てくれ、私を救ってくれるという館へ行くのが怖い。この町を離れなくちゃ……。どこへなら行くことができるか、自問する。

国の地図と、首都の市街図を買う。毎日、駅へ行く。列車の時刻表を調べる。あの町この町までの切符の値段を問い合わせる。私は、現金はほんの少ししか持っていない。かといって、おばあちゃんの遺産は使いたくない。おばあちゃんは、生前、こう警告してくれた。

「おまえがこんなに持っていることは、誰にも知られちゃならん。知られたら最後、おまえは訊問されて、閉じこめられて、全部取り上げられるにきまっておる。とにかく、絶対にほんとうのことは言うな。何を訊かれているのか、さっぱりわからんふりをするんじゃ。そうやって白痴だと思われたら、しめたもんじゃ」

おばあちゃんの遺産は、家の前にあるベンチのちょうど下の土の中に、布の袋に入れて埋めてある。袋の中身は、宝石や、金銀の細工物だ。もし私があれらを売ろうとしたら、窃盗罪に問われるだろう。


国境を渡りたがっていた男に私が出会ったのは、駅でだった。

夜だ。男はそこに、駅頭に、ポケットに手を突っこんで佇《たたず》んでいる。ほかの旅行者たちは、すでに駅からいなくなってしまった。駅前広場は閑散としている。

男は私に、こっちへ来いというようなしぐさをする。私は彼に近寄る。彼は旅行カバンを持っていない。

私は言う。

「ふつう、ぼくは旅行カバンを運ぶんです。でも、あなたは手ぶらのようですね」

彼が言う。

「うむ、荷物はない」

私が言う。

「もし何かほかのことで、ぼくがお役に立てるんでしたら……。お見かけしたところ、この町の方《かた》ではありませんね」

「私のどこを見て、よそ者だとわかるんだい？」

私は言う。

「あなたの服のようなのを着ている者はこの町にはいません。それに、この町の者はみんな同じ顔つきをしているんです。ありふれた、見慣れた顔です。この町の人間なら、個人的に知らなくても、見分けがつきます。よその土地の人がやって来れば、すぐに目につきますよ」

男は、周囲を見まわす。

「私も、もう目についてしまったのかな？」

「もちろんですよ。でも、だからどうということはないんです。規則どおりの身分証明書さえ持っていればね。明朝、警察署でそれを提示しておけば、あとはいつまでも好きなだけこの町にいられます。ここにはホテルはありませんが、部屋を貸してくれる家なら、ぼくが教えてあげられます」

男は言う。

「ついて来てくれ」

彼は市街地へ向かって歩き出す。が、大通りを進むかわりに右へそれ、埃っぽい小道に入る。そして、道端にある二つの茂みのあいだに腰を下ろす。私は、彼の横に坐る。問う。

「人目を避けようとしているんですか？　どうしてですか？」

彼は、私に訊ねる。

「この町はよく知っているのかい？」

「ええ、知り尽くしています」

「国境は？」

「答えは同じです」

「きみの両親のことだが……」

「ぼくに親はいません」

「亡くなったのか？」

「知りません」

「誰の家に住んでいるんだい？」

「自分の家です。おばあちゃんの家です。おばあちゃんは死んでしまったんです」

「誰と暮らしているんだい？」

「ひとりっきりです」

「きみの家があるのは、どこなんだい？」

「町のあちら側の端です。国境に近いんですよ」

「私を一晩泊めてくれないか？　お金ならたくさん持っているよ」

「ええ、泊めてあげてもいいです」

「人目につかずにきみの家まで行けるような道や通路を知っているかい？」

「ええ」

「行こう。案内してくれ」

私たちは、家々の裏手や、原っぱを歩く。ときどき、塀や柵をよじ登ったり、私有地の菜園や中庭を横切ったりしなければならない。日が暮れてしまって、あたりは暗い。けれど、私の後ろを歩く男は、わずかな物音も立てない。

おばあちゃんの家に着くと、私は彼をほめる。

「その歳なのに、よくやすやすとぼくについて来れましたね」

彼は笑う。

「その歳だって？　私はまだ四十だよ。それに戦争にも行ったんだ。戦地で、物音を立てずに町を通り抜けるすべを覚えたんだ」

少ししてから、彼は言い足す。

「きみの言うとおりだ。私は、今では老けこんでしまった。戦争で若さを使い果たしてしまったんだ。何か飲むものはないかい？」

私は蒸溜酒をテーブルの上に置く。言う。

「国境を越えたいのでしょう、違いますか？」

彼はまた笑う。

「どうして見抜いたんだい？　食べるものもあるかな？」

私は言う。

「よかったら、茸《きのこ》入りのオムレツを作ってあげますよ。山羊のチーズもあります」

私が食事の用意をしているあいだ、彼は酒を飲む。

私たちは食べる。私が彼に訊ねる。

「どんなふうにして国境地帯に入りこんだんですか？　この町へ来るには、特別許可証がいりますよね」

彼は言う。

「姉妹の一人がこの町で暮らしているんだ。彼女のところを訪問する許可証を申請したら、手に入ったのさ」

「でも、その人に会いに行かないんですね」

「行かない。彼女に迷惑をかけたくないからね。ほらこれ、全部その竈《かまど》で燃やしてしまってくれ」

彼は私に、身分証明書を含むもろもろの書類やカードを差し出す。私は、それを残らず火の中に投げこむ。

私が問う。

「どうしてこの国から出ていきたいんですか？」

「それは、きみには関係ないことだ。道を教えてくれ。このことだけなんだ、私がきみに頼みたいのは――。持っている金は全額、きみに残していく」

彼は、テーブルの上に紙幣の束を置く。

私は言う。

「このお金を残していくのは、大した犠牲とはいえませんよ。仮に身につけていっても、こんなお金、向こうじゃちっとも値打ちがないんですから」

彼は言う。

「だけどここでは、きみのような男の子にとっちゃ、大した額だろう」

私は、札束を竈《かまど》の火の中に投げこむ。

「ぼくはね、お金はそんなにいらないんです。ここで暮らしていて、何ひとつ不自由していないんですから」

私たちは、お金が燃えるのを見ている。私が言う。

「国境を越えるには、命の危険を冒さなければなりませんよ」

男は言う。

「覚悟している」

私が言う。

「それからね、言っておきますけれど、ぼくは今すぐあなたのことを密告するかもしれませんよ。この家の向かいに国境警備兵の詰所があって、ぼくはふだんから協力しているんです。ぼくは、いわゆる情報提供者なんです」

男は、真っ青になって、言う。

「情報提供者……その歳で？」

「歳なんか関係ないですよ。ぼくは過去に、国境を越えようとしていた人を数人密告しました。森の中でおこなわれることは何でも、見つけしだい報告するんです」

「だけど、なぜ？」

「なぜなら、ぼくが密告するかどうか試すために、ときどき、囮《おとり》の要員が送られてくるからです。これまでは、それらしい人物が来たら、囮であろうとなかろうと密告せざるを得なかった」

「どうして、〝これまでは〟なんだい？」

「なぜなら、明日はぼく、あなたとともに国境を越えるからです。ぼくも、この国から出ていきたいんです」

翌日、正午少し前、私たちは国境を越えにかかる。

男が先に行く。彼は不運だ。二つ目の柵の近くで地雷が爆発し、男も吹っ飛ぶ。私は、彼のあとから行く。安全そのものだ。

夜がすっかり更けるまで、私は人気《ひとけ》のない広場を見つめている。そのあと、ようやく床《とこ》に着くと、夢を見る。

私は川辺へ下りていく。私の兄弟がそこにいる。土手の斜面に坐って、釣り糸を垂らしている。私は、彼の横に腰を下ろす。

「たくさん釣れるかい？」

「いや、釣れない。おまえを待っていたんだ」

彼は立ち上がる。手にしている杖を片づける。

「もうずっと前から、ここには魚がいない。水さえなくなってしまった」

彼は小石をつかむ。その石を、干上がった川床のほかの石めがけて投げる。

私たちは、町の方へ歩いていく。私は、緑色の鎧戸を持った一軒の家の前で立ち止まる。私の兄弟が言う。

「そうさ、ぼくらの住んでいた家だ。憶えていたんだね」

私は言う。

「憶えていた。でも、以前はこの家、こんな所にはなかった。もう一つの町《ヴィル》にあったんだ」

兄弟が訂正する。

「いや、もう一つの世界《ヴィ》にあったのさ。しかし今では、この家はここにあるんだ。しかも、もぬけの殻だ」

私たちは、中央広場にやって来る。

書店の入口の前で、二人の幼児が、二階のアパルトマンへ通じている階段に腰かけている。

私の兄弟が言う。

「ぼくの息子たちだ。この子たちの母親は出ていってしまった」

私たちは、広い台所に入る。私の兄弟が夕食の用意をする。子供たちが、俯《うつむ》いたまま、無言で食べる。

私は言う。

「幸せだな、おまえの息子たち」

「うむ、非常に幸せだ。彼らを寝かしてくる」

戻ってくると、彼は言う。

「ぼくの部屋へ行こう」

私たちは広い部屋に入る。兄弟が、書架に並んでいる本の後ろに隠してあった酒びんを取る。

「もうこれだけしか残っていない。樽は空っぽなんだ」

私たちは飲む。兄弟は、テーブルクロスに使われている赤いフラシ天の織物を撫でる。

「ほら、何ひとつ変わっていないだろう。ぼくは、すべてを昔のまま取っておいたんだ。このおぞましいテーブルクロスまでもね。明日には、おまえ、あの家へ行って住めるぞ」

私は言う。

「気が向かないよ。それより、おまえの子供たちと遊ぶことにする」

兄弟が言う。

「ぼくの子供たちは遊ばないよ」

「それじゃ彼ら、ふだん何をしているんだ？」

「人生を渡っていくための鍛練をしている」

私が言う。

「ぼくは人生を渡ってきた。ところが、何も見つけられなかった」

兄弟は言う。

「見つけるべきものなんて何もないのさ。何を探していたんだい？」

「おまえだよ。ぼくが帰ってきたのは、おまえのためなんだ」

兄弟は笑う。

「ぼくのため、だって？　よく知っているはずじゃないか、ぼくはひとつの夢にすぎないんだよ。このことは納得しなくちゃいけない。どこにも、何も、ありはしないんだ」

私は寒い。立ち上がる。

「もう時刻が遅い。帰らなくては」

「帰るって？　どこへ？」

「ホテルへさ」

「どこのホテルのことだい？　今いるここは、おまえの家なんだよ。ぼくらのお父さんとお母さんに、これからおまえを紹介するよ」

「ぼくらの両親に、だと？　どこにいるんだ、二人は？」

兄弟は、このアパルトマンの別の部屋へ通じている褐色のドアを指し示す。

「あそこにいるよ。眠っているんだ」

「二人いっしょにかい？」

「そうとも、常に変わらないよ」

私は言う。

「起こしちゃ悪いよ」

兄弟は言う。

「どうしていけないことがあるもんか。彼らも、あんなに長い年月会えなかったおまえに再会できれば喜ぶよ」

私は、ドアの方へ後ずさりする。

「でも、ぼくは、彼らと再会なんてしたくない、できない」

兄弟が、私の腕をぐいと捉える。

「したくない、だと？　できない、だと？　ぼくは、彼らと毎日会っているんだぞ。おまえも、少なくとも一回会うべきだ。たった一回じゃないか！」

兄弟は、私を褐色のドアの方へ引っ張る。自由なほうの手で、私は、テーブルの上にある非常に重いガラスの灰皿をつかむ。兄弟のうなじをそれで殴る。

彼の額がドアにぶつかる。兄弟が倒れる。血が、彼の頭のまわりに、寄せ木張りの床の上に拡がる。

私は家の外へ出る。ベンチに腰かける。奇怪なまでに大きな月が、人気《ひとけ》のない広場を照らしている。

一人の老人が、私の前で立ち止まる。煙草を一本くれと言う。私は彼に、煙草と火を差し出す。

彼は、私の前に立って、煙草を吸いながらじっとしている。

ややあって、彼が問う。

「それじゃ、彼を殺したのかい?」

私は言う。

「うん」

老人は言う。

「あんたは、やらなくちゃならないことをやったんだ。よくやった。やるべきことをやってのける者は多くない」

私は言う。

「彼がドアを開けようとしたから、仕方なかったんだ」

「あんたは当然のことをやったんだ。彼があんなことをするのは、当然阻止しなければならなかった。あんたが彼を殺すのは避けられないことだったのさ。それでこそ、すべてが正常な状態に、あたりまえの秩序に戻るんだ」

私は言う。

「でも、彼はもういない。ものごとの秩序なんてぼくにはどうでもいいんだ、そのために彼が二度と存在しなくなってしまうのなら」

老人は言う。

「思い違いもはなはだしいな。今後彼は、絶えず、どこででも、あんたといっしょにいてくれるだろうよ」

老人は遠ざかる。一軒の小さな家のドアのベルを鳴らす。その家の中に消える。

目覚めてみると、広場はすっかり活気づいている。人々がそこを、徒歩や、自転車で往き来している。種々の小売店が店を開いている。書店も同様だ。ホテルの廊下では、掃除機がかけられている。

私はドアを開ける。掃除婦を呼ぶ。

「コーヒーを持ってきてくれませんか？」

彼女が振り向く。漆黒の髪の若い女性だ。

「私、お客様に食事や飲み物を運ぶことはできないんです。清掃だけの係なので……。このホテルでは、ルームサービスはしておりません。レストランとバーがございます」

私は部屋に戻る。歯を磨く。シャワーを浴びる。それから、また毛布の中にもぐり込む。体が冷えてしまった。

ドアをノックする者がいる。掃除婦が入ってくる。お盆をナイトテーブルの上に置く。

「コーヒーの代金は、ご都合のいい時にバーで支払ってください」

彼女がベッドに入ってきて、私の横に寝そべる。私に唇を差し出す。私は顔をそむける。

「結構だよ、きみ。私は年寄りだし、体の具合も悪いのでね」

彼女は起き上がる。言う。

「私、とても貧乏なんです。私の仕事では、ほんの少ししか給料がもらえません。息子の誕生日に、シクロクロス用の自転車を買ってやれたらって思うんです。それに、夫もいないんです」

「わかるとも」

私は彼女に、それでは少なすぎるとも、多すぎるとも見当のつかぬまま、一枚の紙幣を手渡す。私はまだ、この国でのものの相場に慣れていないのだ。

午後三時頃、外出する。

ゆっくり歩く。三十分もすると、それでも町はずれまで来てしまう。その場所、かつておばあちゃんの家があった場所に、とてもよく整備されたグラウンドがある。子供たちがそこで遊んでいる。

私は、長いあいだ、川辺に坐っている。それから、町へ引き返す。旧市街を、城の中の入り組んだ細い路を通っていく。墓地まで足をのばす。だが、おばあちゃんの墓は見つからない。

連日、私はこんなふうに、何時間も、町のあらゆる通りを散歩する。とりわけ、家が大地にめり込んだかのように、窓が地面すれすれに並んでいる幅の狭い通りを、好んで歩く。時折り、公園のベンチに、あるいはお城の低い石垣に、あるいはまた墓地の墓石に、腰を下ろす。腹が減ると、行きあたりばったりに小さな居酒屋に入り、その時々、店で供《きよう》せられているものを食べる。食事をすませると、私は、労働者や市井《しせい》の人々とともにグラスを傾ける。誰ひとり、私を憶えていない。誰ひとり、私のことを思い出さない。

ある日私は、紙と鉛筆を買いに書店に入る。私の子供の頃この書店の主人だった肥満体の男は、もういない。今この店を営んでいるのは、一人の女性だ。彼女は、庭に向かって開かれているドア兼用の窓のそばに肘掛け椅子を置き、そこに坐っている。

彼女が、私に向かって微笑む。

「お顔は存じ上げておりますわ。毎日、ホテルからお出かけになったり、ホテルへ帰っていらしたりするのが見えるものですから。私が寝てしまっているような遅い時刻にお帰りのときは別ですけれどもね。私、この店のちょうど上の階に住んでおりましてね、夜、窓から広場を眺めるのが好きなんです」

私は言う。

「私もです」

彼女が問う。

「こちらへは休暇でいらしているんですか？　長くご滞在ですか？」

「ええ、そう、休暇のようなものです。私の希望としては、できるだけ長くいたいんですがね。ビザの問題と、それに懐具合にもよるんですよ」

「ビザ？　それじゃ、外国の方なんですか？　とてもそうは見えませんわ」

「子供の頃、この町ですごしましたから。私は、この国の生まれなんです。もっとも、外国で暮らしてずいぶんになりますが」

彼女は言う。

「国が自由化された今では、外国人が大勢来るようになりましたわ。革命後に国外へ出た人たちの帰省もありますが、多いのは見物に来る人たち、観光客です。今にごらんになるはずですわ、気候がよくなってきますとね、その人たちがバスを連ねてやって来るんですよ。そうするともう、静かなこの町もすっかり騒々しくなってしまいます」

実際、ホテルの滞在客がどんどん増えていく。毎土曜日、ダンス・パーティーが催される。それがときには午前四時まで終わらない。私は、音楽も、遊び興じる連中の喚声《かんせい》や笑い声も、うるさくて我慢できない。したがってホテルを避け、街路にとどまる。昼のうちにあらかじめ葡萄酒を一本買っておき、それを持って、適当なベンチに腰を据える。そして待つ。

ある夜、一人の少年が私の隣に坐る。

「おじさん、そばにいてもいいですか？　ぼく、夜はちょっと怖いんです」

聞き覚えのある声だ。私が町に着いたとき、旅行カバンを持ってくれたあの子供だ。

私は、彼に問う。

「こんなに遅く、こんな所で何をしているんだい？」

彼は言う。

「母さんを待っているんです。夜のパーティーがあると、母さん、遅くまで残って給仕や皿洗いを手伝わなくちゃならないんです」

「だからどうだっていうんだ？　きみはおとなしく家の中にいて、安心して眠っていればいいじゃないか」

「安心して眠ってなんかいられないんです。ぼく、母さんに何か起こらないかと心配なんです。ぼくらの家は、ここから遠いんですよ。ぼく、母さんを夜ひとりで歩かせておくわけにはいきません。夜ひとりで歩く女性を襲うような男たちがいるんです。そういうの、テレビで見ました」

「じゃあ子供はどうなんだい、子供は襲われないのかい？」

「ええ、そんなにはね。女の人にかぎって狙われるんです。なかでも綺麗な人が危ないんです。ぼくなら、もしものことがあっても何とかできます。ぼく、駆けるのすごく速いんですよ」

私たちは待つ。徐々に、ホテルの中が静かになる。女性が一人、出てくる。毎朝私にコーヒーを運んでくる女性だ。少年が彼女の方へ駆け出していく。二人は手をつなぎ合い、連れ立って帰っていく。

ほかの従業員たちがホテルから出てくる。彼らは、そそくさと遠ざかっていく。

私は、ホテルに入って部屋に戻る。

翌日私は、書店の女主人に会いにいく。

「これ以上長くホテルに泊まってはいられません。あまりにも大勢の人がいて、あまりにも騒々しいんです。誰か、私に部屋を貸してくれそうな方をご存じじゃないですか？」

彼女は言う。

「私のところを使ってください。ここの二階です」

「それではご迷惑でしょう」

「いいえ、ちっとも。私は、娘のところに寝泊まりすることにします。娘はこの近くに住んでいるんです。二階全部を使っていただけますよ。寝室二部屋と、台所と、お風呂場が付いています」

「家賃はいくらですか？」

「ホテルへは、いくら払っていらっしゃるんですか？」

私は彼女に、宿泊料を告げる。彼女はニッコリする。

「それは観光客相手の料金ですよ。私は、その半額で住んでいただきますわ。夕方、この店の閉店後に、お掃除もして差し上げます。いつも外出していらっしゃる時間帯ですし、お邪魔にはならないでしょう。部屋をごらんになりますか？」

「いや、見せていただくまでもありません。気に入るにきまっています。いつなら移ってきていいですか？」

「よかったら、明日にでもどうぞ。私は、衣類と身のまわりのものさえ持っていけばいいんですから」

翌日、私は旅行カバンに荷物を詰める。ホテルの勘定を払う。閉店直前の書店にやって来る。女店主は、私に鍵を手渡す。

「玄関の鍵です。アパルトマンへは店からも直接上がれます。でも、もう一つ、通りに面している入口がありますから、そちらをお使いください。今、お教えします」

彼女は店じまいをする。私たちは、狭い階段を昇る。庭に面した二つの窓から採光している踊り場にいたる。女書店主が私に教える。

「左のドアを開けると寝室で、正面がお風呂場です。二つ目のドアから客間に入って、そこからさらに寝室へ行けるようになっています。奥は台所です。冷蔵庫があります。中に少し食品を残しておきました」

私は言う。

「コーヒーと葡萄酒だけあればいいんです。食事は居酒屋でしますから」

彼女が言う。

「そんな食事じゃ健康によくないですわよ。コーヒーは棚の上です。葡萄酒は、一本冷蔵庫に入っています。それじゃ私、これで失礼します。ここ、気に入っていただけると思いますわ」

彼女は去る。私は、さっそく葡萄酒のびんを開ける。明日、補充することにしよう。

客間に入る。簡素な家具を置いた広い部屋だ。二つの窓のあいだに置かれた大きなテーブルは、赤いフラシ天のテーブルクロスにおおわれている。私はただちに、そのテーブルクロスの上に、紙の束と数本の鉛筆をきちんと置く。そのうえで、寝室へ行く。こちらは狭い部屋で、小さなバルコニーに面して、窓が、というよりむしろドア兼用の窓が、一つだけ付いている。

私は、旅行カバンをベッドの上に置く。衣類を取り出して、空っぽの洋服だんすに片づける。

その夜、私は外出しない。客間の一方の窓の手前に古い肘掛け椅子を据えてそこに腰を落ち着け、すでに栓を抜いたびんの葡萄酒の残りを飲む。私は広場を眺める。それから、石鹼の匂いのするベッドに入って横になる。

翌日、十時頃起床して、二種類の新聞が台所のテーブルの上に置かれ、野菜のポタージュ・スープの入った鍋がレンジの上に載っているのに気がつく。私はまずコーヒーを淹《い》れ、新聞を読みながら飲む。ポタージュは、午後四時頃まで取っておいて、外出する直前に食べる。

女書店主は、私の邪魔をしない。私が彼女の顔を見るのは、私のほうから階下の店に行って話しかけるときだけだ。私の留守のあいだに、彼女は住まいの清掃をする。私の汚れた洗濯物を持ち帰り、清潔《きれい》にし、アイロンをかけて持ってきてくれる。

時のたつのは早い。私は、ビザの更新のために、郡庁所在地である隣町へ行かねばならない。私のパスポートに〝更新＝期限一カ月〟というスタンプを押してくれる係官は、若い女性だ。私は手数料を支払う。彼女に礼を言う。彼女は、私に微笑みかける。

「今夜、私、グランド・ホテルのバーにいますわ。なかなか楽しい所です。外国人が多いんです。いらっしゃれば、お国の人たちに会えますよ」

私は言う。

「ええ、行くかもしれません」

私は、そのまままただちに赤い列車に乗り、わが町の、自分の巣へ帰る。

翌月、その若い女性は、前の月に比べて愛想がよくない。無言で私のパスポートにスタンプを押す。そして三度目の折り、彼女は私に、四回目の延長は不可能ですよと、つっけんどんに警告する。

夏も終わる頃、私のお金が底をつく。やむなく節約する。ハーモニカを買い、子供の時のように、居酒屋へ演奏しに行く。客たちが、私に酒をふるまってくれる。食事のほうは、女書店主の野菜スープで我慢する。九月と十月、私はもう家賃さえ払えない。女書店主は、それを督促しない。彼女は、以前どおり掃除をし、私の洗濯物を洗い、スープを運んでくる。

私は、今後の身のふりかたが、自分でもわからない。とはいえ、もう一つの国へは戻りたくない。きっと私は、ここにとどまるだろう。ここで、この町で死ぬにちがいない。

この町に到着して以来、酒を飲みすぎ、煙草を吸いすぎているにもかかわらず、持病の痛みは再発していない。

十月三十日、私は自分の誕生日を、町でもっとも大衆的な居酒屋のうちの一軒で、飲み仲間とともに祝う。彼らは皆、私に酒を奢《おご》ってくれる。数組のカップルが、私の吹くハーモニカに合わせて踊る。女たちが私にキスする。私は酔っている。飲みすぎると毎度のことなのだが、私は、自分の兄弟のことを話しはじめる。街では誰もが知っている私の物語。つまり私は、十五歳までこの町でいっしょに暮らした実の兄弟を捜している。ほかでもないこの町で、私はきっと彼と再会する。私は彼を待っている。確信しているからだ。自分が外国から帰ってきていることを知れば、彼は必ず会いに来ると。

こんなことはそっくり全部、ひとつの嘘にすぎない。私にはよくわかっているのだ。この町で、おばあちゃんの家にいた時、自分はすでにひとりぼっちだった。あの頃でさえ、耐えがたい孤独に耐えるために自分が生み出した想像の中でだけ、ぼくら——ぼくとぼくの兄弟——は二人だったのだ。

居酒屋の店内が、真夜中頃、やや静かになる。私は、もう演奏していない。飲んでいるだけだ。

ぼろを着た年寄りの男が、私の正面に腰かける。彼は、私のグラスに口をつけて飲む。言う。

「おれは、あんたたち二人のことをはっきり憶えているんだ。あんたと、あんたの兄弟と、二人のことをな」

私は何も言わない。別の、もっと若い男が、葡萄酒の一リットルびんを私のテーブルに持ってくる。私は、新しいグラスを注文する。私たちは飲む。

三人のうちでいちばん若い男が言う。

「もしおれがあんたの兄弟を見つけ出したら、何をくれる？」

私は、彼に言う。

「私にはもう金がないんだよ」

彼は笑う。

「でもよ、外国から送金させることはできるだろう。外人はみんな金持ちなんだから」

「私は違う。きみの酒の一杯も払えないんだ」

「いいってことよ。おい、もう一リットルくれ、払いはおれだ」

ウェイトレスが葡萄酒を運んでくる。言う。

「これが最後よ。これ以上は出さないわよ。これで閉店にしなかったら、警察がうるさいんだもの」

年寄りの男は、私たち二人の横で飲み続けている。ときどき、言う。

「そうよ、おれはあんたたちをよく知っていたんだ。あんたたち二人、あの頃すでに大したつわ者だったぜ。そうとも、そうとも」

いちばん若い男が私に言う。

「実はな、あんたの兄弟、森の中に隠れているんだよ。おれ、何回か遠くから見かけたことがある。まるで野生動物みたいに生きているぜ。軍用毛布を身にまとって、冬でも裸足で歩いているんだ。喰っているのは、草とか根っこ、栗、小動物だ。髪が長くて灰色、髭も灰色だ。ナイフとマッチは持っている。自分で煙草を紙で巻いて吸うんだが……ということは、時々、夜中にでも、町へ下りてきているわけだ。もしかすると、墓地の向こうの地区の女たち、体を売るあの女たちとは顔なじみなのかもしれないな。少なくとも、あの女たちのうちに、一人は顔なじみがいるはずだ。たぶんその女がこっそり迎え入れて、何かと用を足してやっているんだろう。なあ、呼びかけて、山狩りをすればいいんだ。みんなを動員すれば、あの男を捕まえられるぞ」

私は立ち上がる。彼を殴る。

「嘘つきめ！　そんなのは私の兄弟じゃない。それに、誰かを捕まえようなんていう話、私は乗らんぞ」

私は彼を、さらに殴る。彼は、椅子から転げ落ちる。私は、テーブルをひっくり返す。怒鳴り続ける。

「そんなのは私の兄弟じゃない！」

ウェイトレスが通りへ出て叫ぶ。

「警察！　警察を呼んで！」

誰かが電話したにちがいない。警察がたちまち到着した。警官二人だ。乗り物にも乗らず走ってきた。飲み屋の中がしんとする。警官の一人が問う。

「どうしたんだ？　とっくに閉店していなけりゃならんはずだぞ」

私の殴った男が呻《うめ》く。

「やつに殴られた」

数人が私を指差す。

「あの男です」

警官が男を引き起こす。

「大袈裟なやつだ。どこも怪我しちゃいないぞ。おまえ、相も変わらず酔っぱらっているな。家に帰ったほうがいいぞ。みんなもそうだ、もう帰ったほうがいいぞ」

彼は、私に向き直る。

「あんたのほうは初めてお目にかかる顔だな。身分証明書を見せたまえ」

私は逃げ出そうとするが、私を取り囲んでいる者たちに阻まれる。警官が、私のポケットを探る。パスポートを見つける。記載を念入りに確認している。同僚に言う。

「このビザ、有効期限切れだ。何カ月も前からだ。連行しないわけにいかないな」

私はもがく。しかし、彼らは私に手錠をかける。そして、私を通りへ引き出す。私はよろめく。足元がふらついて、うまく歩けない。すると彼らは、私をほとんど担ぐようにして警察署まで連れていく。署内の一室で私の手錠をはずし、私をベッドに横たえ、部屋を出てドアを閉める。

翌朝、警部が私に訊問する。若い警部だ。彼は赤毛で、そばかすだらけの顔をしている。

彼が私に言う。

「あなたには、これ以上わが国に滞在する権利がない。出国しなければなりません」

私は言う。

「お金がなくて列車に乗れません。もう一銭も持っていないんです」

「私のほうで、あなたの国の大使館に知らせます。大使館があなたを送還することになるでしょう」

私は言う。

「私は、ここを離れたくないんです。自分の兄弟を見つけださなくちゃならないので」

警部は首をすくめる。

「いつでも戻ってこれますよ。戻ってきて、ここに落ち着いて、ずっと暮らすことだってできるんです。ただ、それには守らなきゃならん規則があるんです。どんな規則かは、大使館で教えてくれますよ。あなたの兄弟のことは、こちらで調査することにします。彼に関して、われわれの調査の助けになるような情報ないし資料をお持ちですか？」

「ええ、彼の自筆原稿を持っています。私が本屋の二階に借りているアパルトマンの客間のテーブルの上に置いてあります」

「しかし、あなた、どういう経路でその原稿を入手したんですか？」

「誰かが、私宛てにホテルの受付に預けていったんです」

彼は言う。

「奇妙ですね、実に奇妙な話ですね」


十一月のある朝、私は警部の執務室へ呼び出される。警部は私に、椅子に掛けるように言う。例の原稿をこちらへ差し出す。

「ほら、返しますよ。これはフィクション作品にすぎませんね。あなたの兄弟には、何の関係もない」

私たちは黙りこむ。窓が開いている。雨が降っている。寒い。ついに、警部が口を開く。

「ご兄弟はおろか、あなた自身に関しても、町の古い記録文書にいっさい記載が見つかりませんでした」

私は言う。

「当然です。祖母は私のことを、最後まで申告しませんでしたから。しかも私は、一度も学校へ行かなかったんです。そのかわり私は、自分が首都で生まれたことを知っていますから……」

「首都の記録文書なら、空襲で全部焼けてしまいましたよ。あなたの身柄を引き取りに、十四時に人が来ます」

彼は、ひどく早口でそうつけ加えた。

私は、自分の手をテーブルの下に隠す。震えているからだ。

「十四時に？　今日のですか？」

「そうです。あんまり急で、お気の毒だが……。繰り返しますが、あなたは、いつでも好きな時に戻って来れるんです。戻ってきて、定住することもできるんです。かつて外国へ亡命した人でそうする人がたくさんいます。わが国は、今や自由世界に属しているんですからね。遠からず、入国するのにビザもいらなくなりますよ」

私は、彼に言う。

「私の場合は、それまで待てないんです。心臓病に冒されているのでね。私が帰ってきたのは、この土地で死にたかったからです。自分の兄弟のことを言いましたが、たぶん現実には、そんな兄弟は初めからいなかったんです」

警部が言う。

「そう、そういうことです。兄弟のことで作り話ばかりしていると、終《しま》いに狂人だと思われてしまいますよ」

「あなたも、まさにそう思っているんでしょう？」

「いや、私はただ、あなたが現実と文学——あなたの文学——をいっしょくたにしていると思っているだけです。それから、こうも思うんですよ。あなたはいったん帰国して、少し落ち着いて考えてみて、そのうえでこっちへ戻ってくるべきだってね。で、その折りには、仮定の話だけれど、定住するつもりで戻ってくればいいじゃないですか。それこそ私が、あなたのためにも、私自身のためにも願っていることなんですよ」

「また二人でチェスをするため？」

「いや、それだけじゃないですよ」

彼は立ち上がる。私に握手の手を差し出す。

「あなたが出ていく時、私はここにいません。だから今、さよならを言います。それじゃ、監房に戻ってください」

私は、監房に戻る。馴染みの看守が私に言う。

「あんた、今日行っちまうそうですね」

私はベッドに横になる。待つ。正午、女書店主が、いつものポタージュをかかえてやって来る。私は彼女に、自分はいよいよ出ていかなければならないと告げる。彼女は泣く。彼女は、持ってきた袋から一枚のセーターを取り出す。そして私に言う。

「あなた用にこのセーターを編んだんです。着てください。冷えこんできましたから」

私はそのセーターを着る。言う。

「ありがとう。あなたには、まだ二カ月分の家賃をお借りしたままです。その不足分は、大使館が払ってくれると思います」

彼女が言う。

「そんなこと、どうでもいいんですよ！　ねえ、戻っていらっしゃいますわね、そうでしょう？」

「ああ、そうらしい」

「ええ、できれば」

彼女は、涙しつつ去る。店を開けなければならないのだ。

私たちは監房の中で坐っている。看守と私だ。彼が言う。

「あんたが明日はもうここにいないと思うと、ひどく妙な気持ちになるなあ。とにかく、戻ってきてくださいよ。きっとですよ。それまで、とりあえず、あんたの借りは帳消しにします」

私は言う。

「いや、それはいかん。帳消しにしないでくれ。大使館員と会ったらすぐ、借りは返すから」

彼は言う。

「いいんです、いいんです、楽しみで賭けただけなんですから。それにおれ、けっこういんちきをやったんですよ」

「あっ、それでか、いつもきみが勝ってばかりいたのは！」

「悪く思わないでくださいよ。おれ、いんちきがいけないことは知っているんだけれど、どうしてもやめられないんです」

彼は洟《はな》をすする。洟をかむ。

「おれはねえ、もし今度生まれるのが男の子だったら、その息子にあんたの名前をもらってつけるつもりなんですよ」

私は、彼に言う。

「それより、私の兄弟の名前をその子にやってくれ。リュカ（LUCAS）っていうんだ。そのほうが、私はもっとうれしいよ」

彼は思案する。

「リュカ？　うん、いい名前だ。女房に話してみますよ。たぶん、あいつも反対しないでしょうよ。まあ、どっちにしても、女房は何も口出ししないんです。家の主人は、このおれなんですからね」

「そりゃもう、そうにちがいないと思うよ」

一人の警官が、私を探しに監房へ来る。私たち――看守と私――は中庭に出る。そこに、帽子をかぶり、ネクタイを締め、傘をさした、身なりのよい男がいる。中庭の舗石が雨に濡れて光っている。

大使館の男が言う。

「車が待っています。あなたの負債はもう清算しました」

彼が話しているのは、ほんとうなら私が通じているはずのない言語《ことば》なのだが、私はやはり意味を解してしまう。私は、看守を指して言う。

「私はこの男にいくらか借金があります。名誉にかかわる負債です」

彼は問う。

「いくらですか？」

彼は支払う。私の腕を取る。私を、建物の前に停まっている黒塗りの大型車のところまで連れていく。帽子をかぶった運転手がドアを開ける。

車が発進する。私は、大使館の男に、中央広場にある本屋の前でちょっとのあいだ停止できないかと問う。が、彼は、私の言っていることを理解できぬまま、私を見ている。それでやっと私は、自分の古いほうの言語《ことば》、今いるこの国の言語《ことば》で彼に話しかけたことに気がつく。

運転手は、スピードを出している。私たちは広場を通りすぎる。早くも駅通りを走っている。そして、私の小さな町は、まもなく私たちの後方へと去る。

車の中は暖かい。車窓を透して、私は、村々、畑、ポプラの木々、アカシアの木々……雨と風に打たれる私の国の風景が次々に流れていくのを眺める。

はっとして、私は、大使館の男の方に向き直る。

「これは国境への道じゃない。反対の方角に向かっていますよ」

彼は言う。

「まず首都にある大使館へお連れします。あなたは、何日かしてから国境を渡るんです。鉄道でね」

私は目を閉じる。

子供が国境を越える。

男が先に行く。子供は待機する。爆発。子供が接近する。男は、二つ目の柵の近くに横たわっている。それを見届けると、子供は身を前方へ躍らせる。真新しい足跡《あしあと》の上を踏み、それから、男のぐったりした体の上を踏んで、彼は国境の反対側へ辿り着く。草むらに身を隠す。

国境警備兵の一隊が、ジープに乗って駆けつける。伍長が一人、兵士が数人いる。彼らのうちの一人が言う。

「バカな奴だ！」

別の兵士が言う。

「ついてないってのは、こいつのことだぜ。もうちょいの所まで行っていたのにな」

伍長が怒鳴る。

「ふざけている場合じゃないぞ。遺体を回収しなくちゃならん」

兵士たちが言う。

「遺体といったって、ほとんど残っていないよな」

「そんなことして何になるんだ？」

伍長が言う。

「身元確認のためだ。いいか、これは命令だぞ。遺体を回収しなくちゃならん。志願者はいるか？」

兵士たちは、互いに顔を見合わせる。

「地雷があるんだ。生きて戻れないかもな」

「それがどうした？　おまえたちの義務じゃないか。どいつもこいつも意気地なしばかりか！」

一人の兵士が手を挙げる。

「自分がやります」

「よく言った。よし、おまえ、行ってこい。ほかの者は遠ざかれ」

志願した兵士は、ゆっくり歩いて、ずたずたになっている死体のところまで来ると、急にダッシュする。彼は、子供に気づきもしないで、その横を駆け抜ける。

伍長が大声で叫ぶ。

「げす野郎！　撃て！　撃つんだ！」

兵士たちは撃たない。

「あいつ、あっち側にいます。あっち側に向かっては撃てません」

伍長は、自分の銃をかまえる。外国の国境警備兵が二名、向かい側に姿を現す。伍長は、いったんかまえた銃を下ろし、兵士の一人に渡す。彼は、死体のところまで歩く。死体を背負い、戻ってきて、それを地面に投げ出す。制服の袖で、顔の汗を拭う。

「てめえら、このつけは払わせるぞ、淫売の子め。どいつもこいつも、ろくでもない糞ったれだ」

兵士たちは、死体を一枚の幌《ほろ》にくるみ、車の後部に積みこむ。去っていく。外国の国境警備兵二名もまた遠ざかる。

子供は、伏せたままじっとしている。眠りに落ちる。早朝、小鳥の囀《さえず》りが、彼を目覚めさせる。彼は、自分の外套とゴム長靴をしっかり抱きかかえ、村へ向かって歩く。途中、行き合わせた二人の国境警備兵が、彼に問いかける。

「おい、きみは。どこから来た？」

「国境の向こう側から」

「国境を越えたのか？　いつ？」

「昨日《きのう》です。父さんといっしょだったんです。だけど、父さんは倒れました。爆発のあと、地面で動かなかった。そしたら、あっち側の警備兵が来て、捕らえていきました」

「うむ、われわれもその現場にいたんだ。だが、きみの姿は見かけなかったぞ。きみは、脱走した兵士の目にもとまっていない」

「ぼくは隠れていたんです。怖かったんです」

「われわれの言語《ことば》が話せるのはどういうわけだ？」

「戦時中に軍人さんに教えてもらったんです。ねえ、どう思いますか、ぼくの父さん、手当てしてもらえるでしょうか？」

国境警備兵たちは目を伏せる。

「もちろんさ。われわれといっしょに来たまえ。腹が減っているだろう」

国境警備兵たちは、子供に付き添って村まで行く。彼らのうちの一人の妻に子供を託す。

「食べ物をやって、それから派出所へ連れていくんだ。署の連中には、われわれが十一時に報告に立ち寄ると言っておいてくれ」

その女性は太っていて、金髪だ。赤ら顔でニコニコしている。

彼女が子供に訊ねる。

「ミルクとチーズは好きかしら？　食事の用意はまだできていないの」

「ええ、奥さん。ぼく、好き嫌いはありません。何でも食べるんです」

彼女が子供に給仕してやる。

「あっ、ちょっとお待ち。まず体を清潔《きれい》にしておいで。少なくとも顔と手ぐらいはね。あんたの服、いくらでも洗ってあげるけれど、たぶん着替えは持っていないわね」

「ええ、ありません、奥さん」

「うちの人のシャツを貸してあげるわ。大きすぎるでしょうけれど、かまいはしないわ。袖をまくり上げればいいわよ。ほら、タオル。風呂場はあっちよ」

子供は、自分の外套と長靴をかかえて、風呂場に入る。体を洗う。台所へ戻る。パンとチーズを食べる。ミルクを飲む。彼は言う。

「ごちそうさまでした、奥さん」

彼女が言う。

「あんた、丁寧で、行儀がいいわ。それに、あたしたちの言語《ことば》を上手に話すのね。お母さんはあっちに残ったの？」

「いいえ、母さんは戦時中に死にました」

「かわいそうな子。いらっしゃい、警察へ行かなくちゃね。怖がらなくていいのよ。やさしいお巡《まわ》りさんでね、うちの人の友だちなの」

派出所まで来ると、彼女が警官に言う。

「昨日国境を越えようとした人の息子なの。うちの人、十一時にここへ立ち寄るそうよ。あたし、決定が下るまで、よろこんでこの子を預かるわよ。送り返さなけりゃならないかもね、未成年だから」

警官は言う。

「いずれはっきりするだろうさ。昼飯時に迎えにきてもらいたいな」

女性は帰っていく。警官が、質問書を子供に差し出す。

「これに書きこむんだ。質問の意味がわからなかったら、私に訊けばいい」

子供が質問書を返すと、警官は、声を出してそれを読み上げる。

「氏名＝クラウス（ＣＬＡＵＳ）・Ｔ。年齢＝十八歳。きみは、歳のわりにあまり大きくないな」

「子供の頃の病気のせいなんです」

「身分証明書を持っているかい？」

「いいえ、一枚も。父さんとぼく、出発前に、証明書類は全部燃やしちゃったんです」

「なぜだい？」

「わかりません。身元を知られないようにだと思います。父さんがそうしろって言ったんです」

「お父さんは地雷で吹っ飛んだんだ。もしお父さんの横を歩いていたのなら、きみもいっしょに吹っ飛んだはずだが」

「ぼくは、父さんの横を歩いてはいませんでした。父さんに言われていたんです。父さんが反対側に着くのを見届けてから、離れてついて来いって」

「二人が国境を越えようとした理由は？」

「父さんが望んだんです。父さんはしょっちゅう牢屋に入れられていました。監視されていました。それで父さん、あちらではもう生きていたくなくなったんです。父さんがぼくを連れてこようとしたのは、ぼくをひとりぼっちにしたくなかったからです」

「きみのお母さんは？」

「母さんは、戦時中に空襲で死にました。そのあと、ぼくはおばあちゃんといっしょにいたんですが、おばあちゃんも死んでしまいました」

「そうすると、あちらにきみの身寄りは一人もいないんだな。つまり誰も、きみを返せとは言ってこれないわけだ。ただし、きみが犯罪を犯している場合には、向こうの政府にそう言ってくる権利があるんだがね」

「ぼく、どんな犯罪も犯していません」

「よろしい、あとは上層部の決定を待つだけだ。当面、きみがこの村を離れることは許されない。以上。この書類のここに署名したまえ」

子供が署名した調書には、三つの嘘が含まれている。

彼が国境を越えたとき同行していた男は、彼の父親ではなかった。

子供は十八歳ではなく、十五歳だ。

彼の名はクラウスではない。

数週間後、一人の町の男が、国境警備兵の家にやって来る。彼が子供に言う。

「私はペテール・Nというんだ。今後は、私がきみの世話をすることになった。ほら、これがきみの身分証明書だよ。あとはきみが署名するだけだ」

子供はカードを見る。彼の生年月日は事実より三年早くなっており、ファースト・ネームはクラウスだ。国籍欄には「無国籍」とある。

その日のうちに、ペテールとクラウスはバスに乗って町へ向かう。道中、ペテールが質問する。

「こっちへ来る前は何をしていたの、クラウス？　学生だったのかい？」

「学生？　いいえ。ぼくは、うちの野菜畑を耕していました、家畜の世話をしていました、居酒屋でハーモニカを吹いていました、旅行者の荷物運びをしていました、そんなところです」

「それじゃ、将来は何をしたいの？」

「したいことって……別にないです。どうして、絶対に何かをしなくちゃならないんですか？」

「生きていくにはお金を稼がなくちゃならないよ」

「ああ、そのことなら知っています。自分がずっとしてきたことですから。ぼく、多少のお金になるんなら、どんな仕事でもすすんでやります」

「多少のお金？　どんな仕事をしてでも？　きみ、奨学金をもらって高等教育を受けることもできるんだよ」

「学校の勉強はしたくないんです」

「それでも、言語《ことば》をきちんと学ぶために少しは勉強しなけりゃならないよ。確かにきみは、この国の言語《ことば》をかなり上手に話す。しかし、読み書きもできなくちゃね。きみは、ほかの学生たちに混じって、青少年の家に住むことになる。個室をもらえるよ。とりあえずこの国の言語《ことば》の授業を受けること、あとのことはそれからでいいよ」

ペテールとクラウスは、ある大きな町のホテルで一夜をすごす。朝、列車に乗り、湖と森のあいだに位置する、より小さな町へ向かう。青少年の家は、町の中心部に近い庭園の真ん中を通っている一本の坂道にある。

一組のカップル、館長と館長夫人が、二人を出迎える。彼らはクラウスを、彼が入ることになる部屋へ案内する。窓から庭園が見える。

クラウスが訊ねる。

「誰が庭の世話をしているんですか？」

館長夫人が言う。

「私よ、でも子供たちがずいぶん手伝ってくれるの」

クラウスが言う。

「ぼくも手伝います。育てていらっしゃる花々、とても綺麗だと思います」

館長夫人は言う。

「ありがとう、クラウス。ここでは、あなたはまったく自由よ。ただし、夜十一時の門限は守ること。それと、自分の部屋は自分で掃除しなければならないの。掃除機は、管理人に言えば貸してくれるわ」

館長が言う。

「もし何か問題があったら、この私に相談したまえ」

ペテールが言う。

「どうだい、クラウス、ここ、気に入りそうだろう？」

彼らは、さらにクラウスに、食堂、シャワー室、共同ホールを見せる。彼を、そこに居合わせた男女の若者たちに紹介する。

しばらくのち、ペテールが、クラウスを導いて町を見物させる。それから、自分の家へ連れていく。

「これから私に用があるときは、ここへ来れば会える。これが私の妻のクララだ」

彼らは三人で、昼食を共にする。昼食がすむと、午後は町へ出て、衣類や靴の買い物をしてすごす。

クラウスは言う。

「これまでにぼくが着たことのある衣類を全部合わせても、こんなにたくさんにはなりません」

ペテールが微笑む。

「きみの古い外套と長靴、もう捨ててしまえるよ。今後きみは、学用品の費用とお小遣いとして、毎月きまった額のお金を受け取るんだ。もしそれ以外に必要なものがあったら、私に言えばいい。きみの寄宿費と授業料は、もちろん支払ってもらえる」

クラウスが問う。

「ぼくにそんないろいろなお金をくれるのは誰なんですか？　あなたですか？」

「いや、私は、ただ単にきみの後見人なんだ。お金を出すのは国家だ。きみには親がいないね。当然、国家はきみを後見し、扶養する義務を負うわけだ。きみが自分で生計を立てられるようになるまではずっとね」

クラウスは言う。

「できるだけ早くそうなりたいと思います」

「まる一年が過ぎたら、きみは、高等教育を受けるか、職業訓練の方へ行くか、志望を決めるんだ」

「学校の勉強はしたくないんです」

「あわてない、あわてない、先のことだ。だけど、それにしてもクラウス、きみにはどんな志も野心もないのかい？」

「志？　野心？　考えたことありません。ぼくはただ静かな環境がほしいだけなんです。書くためにね」

「書く？　書くためだって？　じゃあ、きみ、もの書きになりたいのかい？」

「そうです。高等教育を受けなくても、もの書きにはなれます。必要なのは、あまりたくさんの間違いを犯さないで文章を綴れることくらいです。ぼくは、あなた方の言《こと》語《ば》で正確に書くことをちゃんと学びたい。でも、それだけで十分なんです」

　ペテールが言う。

「文筆で生計は立てられないよ」

　クラウスは言う。

「ええ、立てられません。それは承知しています。でも、昼間働いて、夜は落ち着いて書く、という生活なら考えられるでしょう。実際、ぼくはすでに、おばあちゃんの家でそういう生活をしていたんです」

「何だって？　きみは、すでにものを書いたのか？」

「ええ、書きました。数冊の帳面にぎっしりとね。その帳面は、ぼくの古い外套に包んであります。あなた方の言語《ことば》で正確に書くことができるようになったら、ぼくはあれを翻訳して、あなたにお見せします」

　彼らは、青少年の家の個室にいる。クラウスが、彼の古い外套を括《くく》るのに使われている紐を解く。五冊の学習帳をテーブルの上に置く。ペテールが、それらを次々に開く。

「どんなことが書いてあるのか知りたくてたまらないよ。これは一種の日記なのかい？」

クラウスは言う。

「いや、噓が書いてあるんです」

「噓？」

「そうです。作り話です。事実ではないけれど、事実であり得るような話です」

ペテールが言う。

「一刻も早くわれわれの言語《ことば》で書けるようになりたまえ、クラウス」

私たちは、夜の七時頃、首都に入った。天候が悪化し、冷えこみ、雨粒が霰《あられ》に変わった。

大使館の建物は大きな庭園に囲まれている。私は、浴室付きで、ダブルベッドのある、暖房のたいへんよく効いた部屋へ通される。高級ホテルの客室のような部屋だ。

ボーイが食事を運んでくる。私は、ほんの少ししか食べない。ここの食事は、小さな町で私が久方ぶりに食べてふたたび慣れてしまった食事と、内容がまったく違う。

私はドアを開けて、お盆を部屋の前の床に置く。廊下を見ると、そこから数メートルの所に、男が一人、椅子に腰かけている。

私はシャワーを浴びる。浴室で見つけた真新しい歯ブラシで、歯を磨く。浴室には櫛もあり、そしてベッドの上には、パジャマがある。私は横になる。

持病の痛みがまた始まる。私は、少し待ってみる。が、痛みは耐えがたくなる。私は起き上がる。旅行カバンの中を探る。いつもの薬を見つける。二錠飲む。そしてふたたび横になる。痛みが、鎮まるどころか、激化する。やっとの思いでドアまで歩いていく。ドアを開ける。男が相変わらず、廊下で腰かけている。私は、彼に言う。

「医者を頼みます。病気なんだ。心臓が」

彼が、すぐそばの壁面に固定されている電話機を取る。それからあとのことは、もう憶えていない。気を失ったのだ。目覚めると、私は病院のベッドにいる。私は病院に三日間とどまる。ありとあらゆる検査を受ける。ついに、心臓病専門の医師が私に会いにくる。

「起きて、服を着ていいですよ。大使館まで送らせます」

私は訊ねる。

「手術はしないんですか？」

「手術の必要がないんです。あなたの心臓には、何の問題もありません。痛みの原因は、あなたの不安、心配、深刻な抑うつ状態にあるんです。トリニトロンはもうやめて、私が処方したこの強力な鎮痛剤だけを服用してください」

彼は私に、握手の手を差し出す。

「心配いりません。あなたは、まだまだ長く生きていられますよ」

「長く生きていたくはないんです」

「うつ病が治りしだい、お考えが変わりますよ」

一台の車が来て、私を大使館へ連れ帰る。私は、執務室の一つへ通される。若くて愛想のよい縮れ毛の男が、私に、革張りの肘掛け椅子を指し示す。

「おかけください。病院では万事支障なしでほんとうによかったですね。でも、あなたにここへ来ていただいたのは、そのことじゃないんです。あなたは、ご家族を、特にご兄弟を捜しておられましたね」

「ええ、双子の兄弟です。ただ、あまり希望は持てそうにありません。何か手がかりを見つけてくださったんでしょうか？　昔の記録文書は焼失したと聞かされましたが」

「私に記録文書は必要ありませんでした。ただ単に、電話帳を開いてみたんです。この町に一人、あなたと同じ名前を名乗っている男性がいます。同じ苗字なんですが、そればかりか、ファースト・ネームのほうも同じなんです」

「クラウス（CLAUS）ですか？」

「そうです。クラウス（KLAUS）・T、頭文字はKです。ファースト・ネームが同じとあっては、この人物があなたの兄弟でないことは明らかです。しかしこの人、あなたの家族と縁続きかもしれないし、ひょっとすると、何か教えてくれるかもしれませんよ。これが彼の住所と電話番号です。あなたが彼と接触してみようと思われる場合のためにメモしておきました」

私はメモを受け取る。言う。

「判断がつきかねます。まず、この人物の住んでいる家とその界隈を見てみたいんですが」

「そうでしょうね。十七時頃でよければ、簡単に見にいけますよ。私が付き添います。あなたは、有効な証明書がない以上、おひとりでの外出はできませんからね」

私たちの車は、町を突き抜けていく。早くもほとんど夜だ。車内で、縮れ毛の男が私に言う。

「あなたの同姓同名者について問い合わせました。この国でもっとも重要な詩人の一人だということですよ」

私は言う。

「私に住まいを貸してくれていた書店の女主人とのあいだで、そんな話は一度も出ませんでした。しかし彼女も、そんな人物の名前なら知っているはずなんですが」

「必ずしも知っているとはかぎりませんよ。クラウス・Tは、本名では書いていないんです。彼のペンネームはクラウス・リュカというんです。人間嫌いだという評判ですよ。人前にはけっして出てこないそうです。彼の私生活にいたっては、何ひとつ知られていないとのことです」

車が、庭に囲まれた平屋が両側に建ち並ぶ狭い通りに入って停まる。縮れ毛の男が言う。

「着きましたよ。十八番地。ここです。このあたりは、町でも指折りの高級住宅街です。もっとも静寂で、もっとも高価な地区です」

私は無言だ。家を見る。通りからやや引っ込んでいる。前庭から数段の階段を昇って玄関にいたるようになっている。通りに面した四つの窓の緑色の鎧戸《よろいど》が、まだ開いている。明かりが台所に灯っている。ややあって、客間の二つの窓が青い光に照らされる。書斎は、今のところ真っ暗なままだ。家の別の部分、裏側の、中庭に面する部分は、ここからは見えない。そこには、さらに三部屋がある。両親の寝室と、子供部屋と、ふだんはたいてい母の裁縫部屋となっていた来客用寝室だ。

中庭には一種の物置があって、薪や、自転車や、場所ふさぎな玩具の片づけ場所となっていた。私は、二台の赤い三輪車と、木製の子供用スケートボードを憶えている。

また、ぼくらが棒を使って路上を回して遊んだ木の輪も憶えている。巨大な凧《たこ》が、一方の壁に立てかけてあった。中庭には、ブランコが、二つ仲良く並んで吊り下がっていた。母がぼくらを押してくれた。ぼくらは、クルミの木の枝に達するほど高く空中に舞ったものだ。あのクルミの木は、おそらく今でも、家の裏のあの場所にあるのだろう。

大使館の男が私に訊ねる。

「どうです、ごらんになって、何か思い出されますか？」

私は言う。

「いいえ、何も。当時の私は、まだ四歳でしたから」

「今すぐこの家を訪ねてみたいですか？」

「いいえ、今晩、電話することにします」

「ええ、そのほうがいいでしょう。相手は、簡単には門戸を開かない人物ですからね。直接会うのは、もしかすると叶わないことかもしれませんよ」

私たちは大使館に帰る。私は、自室に入る。電話機のそばに、番号のメモを用意する。鎮静剤を飲む。窓を開ける。雪が降っている。ぼたん雪が、庭の黄色い草の上に、また、黒い土の上に落ちて、湿った音を立てている。私はベッドに横たわる。

私は、見知らぬ町を、通りから通りへと歩いている。雪が降っている。あたりの闇が、どんどん深まっていく。新しい通りに入るたびに、照明が覚束《おぼつか》なくなっていく。私たちの昔の家が、最後の通りに建っている。その向こうには、もう野原がひろがっている。そこにあるのは、どんな光も射しこまぬ闇だ。家の向かいに、一軒の居酒屋がある。私はその中に入る。葡萄酒を一本注文する。私以外に客はいない。

家のすべての窓が、同時にぱっと明るくなる。人影の動くのが、カーテン越しに見える。私は葡萄酒を飲み干す。居酒屋を出る。通りを横切る。庭の門のベルを鳴らす。誰も返事しない。ベルが故障している。私は、鉄の門を開ける。鍵はかかっていない。五段の階段を昇って、ベランダの扉の前に立つ。ふたたびベルを鳴らす。二回目。三回目。男の声が、扉の向こうから訊ねる。

「何かね？　何の用かね？　誰だね？」

私は言う。

「ぼくです、クラウス（CLAUS）です」

「クラウス？　どこのクラウスだ？」

「クラウスという名前の息子をお忘れですか？」

「われわれの息子ならここにいます。家の中に。われわれといっしょに。帰りたまえ」

男は扉から遠ざかる。私は、もう一度ベルを鳴らす。扉を叩く。わめく。

「お父さん、お父さん、入れてください。ぼく、間違えたんです。ぼくの名前はリュカです。あなたの息子のリュカなんです」

女の声が言う。

「入れればいいわよ」

扉が開く。一人の老人が私に言う。

「じゃあ、入りたまえ」

彼は、先に立って客間へ行く。肘掛け椅子に腰を下ろす。一人の非常に年老いた婦人が、もう一つの肘掛け椅子に坐っている。

彼女が言う。

「それじゃ、あなたは、私たちの息子のリュカだと言うのね？　今日までどこにいたの？」

「外国です」

父が言う。

「そうさ、外国だな。それなら、おまえ、どうして今頃帰ってきたんだ？」

「お二人に会いに帰ってきたんです。あなた方二人と、それからクラウス（ＫＬＡＵＳ）に会いに」

母が言う。

「クラウスのほうはね、出ていったりしなかったわ」

父が言う。

「われわれは、何年ものあいだ、おまえを捜したんだ」

母が言葉を続ける。

「そのあと、私たちは、おまえのことを忘れたの。おまえは、帰ってくるべきじゃなかったわ。みんなが迷惑するもの。私たちは平穏な生活をおくっているの。邪魔されたくないのよ」

私は問う。

「クラウスはどこ？　会いたいんだ」

母が言う。

「あの子は、あの子の部屋にいるわ。いつものようにね。眠っているの。起こしちゃいけません。あの子はまだ四歳なの。たくさん眠る必要があるのよ」

父が言う。

「きみがリュカだという証拠はまったくない。帰ってくれたまえ」

私は聞いていない。客間を出る。子供部屋のドアを開ける。天井灯をつける。ベッドで上半身を起こした幼い男の子が、私を見つめる。泣き出す。私の両親が駆けつけてくる。母が、幼い男の子を抱き上げる。揺する。

「怖がらなくていいのよ、私の可愛い坊や」

父が、私の腕をぐいとつかむ。私を引っ張って、客間とベランダを横切る。扉を開ける。そして私を、階段へ突き落とす。

「おまえ、あの子がせっかく寝ているのに起こしてしまったんだぞ、愚か者め。ここから出ていけ！」

私は転倒する。頭を石段にぶつける。血がでる。雪の中に伏せたままになる。

寒気に、私は目覚める。風と雪が、部屋の中に吹きこんでいる。窓の前の寄せ木張りの床が濡れている。

私は窓を閉める。浴室へタオルを取りに行く。床の水を吸い取る。私は震えている。歯がガチガチ鳴る。浴室の中は暖かい。浴槽のふちに腰かける。鎮静剤をもう一度飲む。震えが止まるのを待つ。

現在、午後七時。食事が運ばれてくる。私はボーイに、葡萄酒を一本もらえるかどうか訊ねる。

彼は、私に言う。

「聞いてきます」

彼が数分後に、葡萄酒のびんを持ってくる。

私は言う。

「食事は下げてください」

私は飲む。室内を歩く。窓からドアへ、ドアから窓へ。

八時、私はベッドに腰かける。そして、私の兄弟の電話番号を押す。

第二部

八時。電話が鳴る。母はすでに寝ている。私はというと、テレビを見ている。毎晩の例に違《たが》わず、探偵映画だ。

食べかけたビスケットを、口から紙ナプキンに戻す。あとでまた食べればいい。

私は受話器を取る。こちらの名前は言わない。ただ、こう言う。

「もしもし、何ですか？」

電話の向こうで男の声がする。

「リュカ・Tといいます。私の兄弟のクラウス・Tと話したいのですが」

私は黙る。汗が背中を伝う。やっと言う。

「お間違えです、私に兄弟はいません」

電話の声が言う。

「いるじゃないか。双子の兄弟だよ。リュカだよ」

「その兄弟なら、とっくに死にました」

「いや、ぼくは死んじゃいない。生きていて、クラウス、おまえに会いたいと思っているんだよ」

「どこにおられるんですか？　どこからいらしたんですか？」

「長いあいだ外国で暮らしていたんだ。今はここ、首都の、D大使館にいる」

私は、大きく一度深呼吸する。そして、一気に言う。

「あなたが私の兄弟だとは思いません。私は、訪問客は受けつけないことにしているんです。煩わされたくないんです」

彼は喰い下がる。

「五分でいい、クラウス。五分以上は要求しない。あと二日で、ぼくはこの国を離れる。そしたらもう戻ってこないんだ」

「明日いらしてください。ただし、夜の八時以降でないといけません」

彼は言う。

「ありがとう。それじゃ明日八時半に、ぼくらの家へ――いや、つまりおまえの家へ行くから」

彼は電話を切る。

私は、額の汗を拭う。テレビの前に戻る。放映されている映画の内容が、何ひとつ理解できない。立っていって、ビスケットの残りをゴミ箱に捨てる。もう食欲が湧かない。「ぼくらの家」か……。そう、かつてここは、ぼくらの家だった。しかし今、ここは私の家であって、ここにあるすべてのものは、私だけのものだ。

そうっと、母の寝室のドアを開ける。母は眠っている。彼女はとてもか細く、ほとんど子供のように見える。私は、彼女の顔にかかっている灰色の髪をかき上げる。彼女の額にキスする。毛布の上に出ている皺だらけの手を撫でる。彼女は、眠ったまま微笑む。私の手を握る。呟く。

「私の坊や。ここにいるのね」

続いて、彼女は、私の兄弟の名前を言い添える。

「リュカ、私の可愛いリュカ」

私は、寝室の外へ出る。台所へ行って、強い酒のびんを一本取り出す。それを持って、いつもの夜同様、執筆のために書斎へ入る。この書斎は、かつては父が使っていた。私はこの部屋に、いっさい手を加えていない。古いタイプライターも、坐り心地の悪い椅子も、卓上ランプも、ペンシルホルダーも、昔のままだ。私は、書こうと努める。が、私たちの人生を、私たち全員の人生をすっかり狂わせてしまった「あのこと」を思って、泣けてくるばかりだ。

リュカが、明日ここへ来る。彼だということを、私は知っている。電話が鳴るやいなや、私は、彼だと直観した。私の電話は、きわめて稀にしか鳴らない。家に電話を引いているのは、母のことで急を要する場合のため、また、私に元気がなくてスーパーマーケットまで行けない日や、母の状態が思わしくなくて私が外出できない日に、電話で配達を依頼するためにすぎない。

リュカが、明日ここへ来る。どうしたら、母に気づかせないですむのだろう？　どうしたら、リュカが来ているあいだに母が目覚めるのを避けられるのだろう？　母の居場所を移そうか？　リュカから逃げようか？　どこへ？　どんなふうにして？　どんな口実を設けて母を納得させるのか？　母と私は、この家から離れたことがない。母は、この家から離れたがらない。彼女は、リュカが帰ってきて私たちを捜し出せる唯一の場所はここだと思っているのだ。

実際、彼が連絡してきたのは、私たちがこの家にいたからだ。あれが確かに彼ならばだが……。

あれは確かに彼だ。

このことを確信するのに、私にはどんな証拠もいらない。私は知っているのだから。知っていたのだから。彼が死んではいないことを、いつか帰ってくることを、私は初めから知っていたのだから。

しかし、どうして今なのか？　どうしてこんなに遅くなってからなのか？　どうして五十年もの不在ののちになのか？

私は、自己防衛をしなければならない。母を保護しなければならない。私はリュカに、私たちの平穏な生活を、習慣を、幸せを壊されたくない。母も、私も、リュカがあらためて過去を掘り起こし、記憶を呼び覚まし、母にいろいろと問いただすのに耐えられまい。

私は、是が非でもリュカを遠ざけねばならない。彼が、ぞっとするような傷口をふたたび開くのを阻止しなければならない。

今は冬だ。石炭を節約する必要がある。私は、母の寝室を少し温める。電気ストーブを、母の就寝の一時間前につけ、彼女が眠ると消し、彼女の起床の一時間前にまたつけるのだ。

私自身は、台所の竈《かまど》の熱気と客間の石炭ストーブで足りる。私は朝早く起き、まず台所で火をおこす。そして、熾《おき》が充分にできると、その一部を客間のストーブに移す。私はそこに、石炭の小さなかけらを何個か加える。そうすると、三十分後には、客間のほうも暖かくなっている。

夜更け、母が寝静まってから、私は書斎のドアを開ける。客間の暖かさが、すぐ書斎にも及ぶ。書斎は狭い部屋だから、たちまち温まる。書斎が温まったら、執筆に入る前に、私はパジャマに着替え、ガウンをはおる。こうしておけば、執筆後、まっすぐ寝室に入り、ベッドにもぐり込める。

今夜、私は、家の中をぐるぐる歩き回っている。いく度も台所を通り、そこに立ち止まる。それから子供部屋へ行く。庭を眺める。すっかり葉の落ちたクルミの木の枝が、窓すれすれのところにある。粉雪が、枝に、地面に積もっている。薄い層となり、雨氷と化している。

私は、部屋から部屋へと歩き回る。書斎のドアはすでに開けた。私が兄弟を通すつもりでいるのは、その小部屋だ。兄弟がそこに入ったらすぐ、私はドアを閉め切るつもりだ。寒くても仕方がない。私は何よりも、母がわれわれのやりとりを聞いたり、われわれの話し声で目覚めたりすることを避けたいのだ。

だが、もしそんな事態になったら、私は何と言えばいいのか？

こう言おうと思う。

「もう一度寝なさいよ、お母さん、取材の人が来ているだけですから」

他方、私の兄弟には、こう言うことにしよう。

「気にしないでください。あれはアントニアですから。私の義母、妻の母親なんです。数年前にひとり身になって以来、私たち夫婦の家に住んでいるんです。惚《ぼ》けが始まっていましてね。すべてを混同するんです。何もかもをいっしょくたにするんです。アントニアは私の育ての親なんですがね、それを理由に彼女、時折り自分を私の実母のように思いこむんですよ」

二人が顔を合わせないようにしなければならない。さもないと彼らは、互いに相手に気がつくだろう。母は、対面しているのがリュカだとわかるにちがいない。そして、仮にリュカには相手が母だとわからなくても、母のほうが彼に気がついて言うだろう。

「リュカ、私の息子！」

私は、その「リュカ、私の息子！」を聞きたくない。今となっては聞きたくない。

そんなこと、あまりに虫がよすぎるというものだ。

今日、私は、母が昼寝をしているうちに、家の中の大小の時計の針を一時間進めた。幸い、この季節は、日の暮れるのが早い。午後五時頃には、もう外が暗い。母の食事を、ふだんより一時間早めに支度する。にんじんのピュレとジャガ芋、天火で焼いた肉団子、デザートにプディング。

台所に食卓をセットする。母を、彼女の寝室へ呼びにいく。母が台所に来る。言う。

「まだ、おなかがすいていないわ」

私が言う。

「いつも食欲がないですね、お母さん、しっかり食べなきゃいけませんよ」

彼女は言う。

「あとで食べるわ」

私が言う。

「置いておくと、冷たくなってしまいますよ」

彼女は言う。

「あんたが温めなおしてくれればいいじゃないの。でなきゃ、いっそのこと私、まったく食べないでおくわ」

私が言う。

「食欲が出るように、煎じ薬を作ってあげましょう」

煎じ薬の中に、私は、母が常用している睡眠薬一回分を入れる。そのうえで、食卓に出した煎じ薬のコップのそばに、もう一回分の睡眠薬を置く。

十分後、母はテレビの前で眠りこむ。私は、彼女を抱き上げる。寝室へ運ぶ。服を脱がせる。ベッドに横たえる。

客間に戻る。テレビの音をしぼる。画面の明るさも落とす。台所の目覚まし時計と客間の置き時計の針を正しい時刻に戻す。

兄弟がやって来るまでにはまだ時間があるので、私は、自分の食事ができる。台所で、にんじんのピュレを少し、肉団子を少し食べる。母は、最近私がすすめて入れ歯を作らせたかいもなく、咀嚼《そしゃく》が十分にできない。彼女は、消化機能もあまりよくない。

食べ終えると、私は皿洗いをする。料理の残りを冷蔵庫に入れる。これだけあれば、なんとか明日の昼食に足りそうだ。

客間に腰を据える。二個のグラスと一本の蒸溜酒を、私の肘掛け椅子のそばの小さなテーブルに用意する。私は飲む。待つ。八時ちょうど、私は、母の様子を見にいく。彼女はぐっすり眠っている。テレビで、探偵映画が始まる。努めてそれを観ようとする。八時二十分頃、映画をあきらめる。台所の窓の手前に立つ。ここにいれば、明かりは消えているし、外から見られる心配がない。

八時三十分ちょうど、黒塗りの大型車が家の前で停まる。舗道の上に駐車する。男が一人、車から降り、柵に近づく。ベルを鳴らす。

私は客間に戻る。インターフォンで言う。

「お入りください。ドアは開いています」

私は、ベランダの明かりをつける。肘掛け椅子に坐り直す。私の兄弟が入ってくる。

彼は痩せていて、蒼白い顔色をしている。びっこを引きつつ、書類カバンを小脇にかかえ、こちらへ歩み寄ってくる。私の目がしらが熱くなる。私は、握手の手を差しのべる。

「ようこそ」

彼は言う。

「長時間の邪魔はしないよ。車も待たせてあるんだ」

私は言う。

「私の書斎へいらしてください。あちらのほうが落ち着きますから」

私は、テレビの音をそのままにしておく。もし母が目を覚ましたら、ふだんどおり、探偵ものの台詞が彼女の耳に入るだろう。

私の兄弟が訊ねる。

「テレビを消さないのかい？」

「ええ。どうしてですか？　書斎に入れば、聞こえませんよ」

私は、酒びんと、二人分のグラスを持って移動する。書物机の向こう側に腰を下ろす。自分と向かい合う席を指し示す。

「おかけください」

私は酒びんを持ち上げる。

「一杯いかがです？」

「うん」

われわれは飲む。兄弟が言う。

「ここはお父さんの書斎だったな。何ひとつ変わっていない。この卓上ランプにも、タイプライターにも、調度にも、椅子にも見覚えがある」

私は微笑する。

「ほかには何に見覚えがありますか？」

「すべてだよ。ベランダも客間も。それに、台所、子供部屋、それに両親の寝室がどこにあるかもわかる」

「それは、さほど難しいことじゃないですよ。この近辺の家はどれも、同じモデルに準じて建てられているんですから」

彼は言葉を続ける。

「子供部屋の窓の前には、クルミの木があった。その枝が、窓ガラスに触れんばかりに伸びていて、そこにブランコが取りつけられていた。ブランコは二つあった。中庭の奥の雨よけの下に、ぼくらは木製スケートボードや三輪車を片づけたものだった」

私は言う。

「雨よけの下には、今も玩具があります。しかし同じ玩具じゃない。私の孫たちのものです」

われわれは沈黙する。私は、互いのグラスにふたたび酒を注ぐ。リュカは、グラスを口から離してテーブルの上に置きつつ、問う。

「ねえ、クラウス、ぼくらの両親はどこにいるんだい？」

「私の両親なら死にました。あなたのご両親のことは、私は存じ上げません」

「クラウス、どうしてそんなよそよそしい口のきき方をするんだい？ ぼくは、おまえの兄弟のリュカだよ。どうしてぼくの言っていることを信じようとしないんだい？」

「どうしてって、私の兄弟は死んだんですから。もしかまわなければ、あなたの身分証明書を見せていただきたいんですが……」

兄弟は、ポケットから、外国のパスポートを出す。私に差し出す。彼は言う。

「記載内容を鵜呑《うの》みにしないでくれ。いくつか誤りがあるんだ」

私は、パスポートの頁を仔細に読む。

「……すると、頭文字がCのクラウス（CLAUS）というお名前なんですね。あなたの生年月日が私のと同じでないのも変ですね。リュカと私は双子だったんですよ。あなたは、私より三つ年長でいらっしゃる」

私は彼に、パスポートを返す。兄弟の手が震えている。声も震えている。

「国境越えをした時、ぼくは十五歳だった。しかし、虚偽の生年月日を申告したんだ。もっと年端がいっていると、つまり十八歳に達していると見なしてもらえるようにね。法的に大人として扱われたかったんだよ」

「それなら名前は？　どうして名前を変えたんですか？」

「理由はおまえさ、クラウス。国境警備隊の事務所で質問書の記入をしながら、ぼくは、おまえのことを思い、おまえの名前を、子供の頃のぼくの念頭を片時も去ることのなかったおまえの名前を心の中で呼んでいた。それで、リュカと書くかわりにクラウスと書いたんだ。おまえだって、詩をクラウス・リュカの名で発表したのは、同じようなことだろう。どうしてリュカという筆名にしたんだい？　ぼくの思い出に因《ちな》んでのことじゃないのかい？」

私は言う。

「私の兄弟の思い出に因んでのことですよ、確かに。でも、どうして、私が詩を発表していることをご存じなんですか？」

「ぼくもね、書いているんだ。詩ではないんだが」

彼は、携えてきた書類カバンを開ける。一冊の大きな学習帳を取り出し、テーブルの上に載せる。

「これが、ぼくの最新の原稿だ。未完成なんだ。ぼくには、これを完成する時間はないだろうと思う。だからこのまま、おまえのもとに残していく。まかせるから、完成させてくれ。どうしてもおまえの手で、これを完成してもらわなくてはならないんだ」

私は帳面を開く。が、彼が、身ぶりで私を押しとどめる。

「いや、今は読むな。ぼくが行ってしまってからにしてくれ。ところで、ここに一つ、ぼくが知りたいと思っている大事なことがある。ぼくは、いったいどういう経緯で怪我をしたんだい？」

「怪我というと？」

「脊柱のそばの傷だよ。弾丸にやられた傷。どういう経緯だったんだい？」

「どうして私が、そんなことを知っているわけがありますか？　私の兄弟のリュカは、怪我はしませんでした。彼は、小児病に罹《かか》ったんです。小児麻痺だったと思います。彼が死んだ時、私はまだ四、五歳でしたのでね、正確なことは憶えていないんです。今言っていることは、後年、私が人から聞いたことなんです」

彼は言う。

「うん、そうだね。ぼくも、長いあいだ、自分は小児病に罹ったんだと思いこんでいた。まわりの者にそう言われていたからね。けれども、もっとあとになって、自分の体にはピストルの弾《たま》が当たったんだと知った。いったいどこで、どんな状況で、そんなことが起こったんだろう？　戦争は、まだ始まったばかりだったはずだ」

私は無言だ。首をすぼめて見せる。リュカがさらに言う。

「おまえの兄弟が死んだというのなら、墓があるはずだ。それはどこなんだい？　墓の在《あ》り処《か》をぼくにはっきり指し示せるかい？」

「いや、できません。私の兄弟は、S市の共同墓地に埋葬されているんです」

「ふむ、そうなのかい？　それじゃ、お父さんのお墓、それにお母さんのお墓、いったいどこにあるんだ？　どこなのか、いま正確に言えるか？」

「いや、それもできません。父は戦争に行ったきり、帰ってこなかったんです。母のほうは、私の兄弟のリュカとともにS市の共同墓地に埋葬されています」

彼は訊ねる。

「ということは、ぼくは小児麻痺で死んだんじゃないんだな？」

「ええ、おっしゃるとおりです、私の兄弟のことならね。彼は空襲で死んだんです。彼は、あるリハビリテーション・センターで治療を受ける必要があったので、母に付き添われて、そのセンターのあるS市へ出かけていったんです。その直後、センターが爆撃されたんです。兄弟も母も、戻ってきませんでした」

リュカは言う。

「そんなふうに人から聞いたというのなら、おまえ、嘘を聞かされたんだ。お母さんがぼくに付き添ってS市へ行ったことなんてないよ。ぼくは事実S市にいたけれど、お母さんは、一度も会いに来なかった。ぼくは、公称小児病の障害をかかえて、そのセンターで数年間すごしたんだ。センターが爆撃に遇ったのはそのあとさ。しかもぼくは、その空襲で死にはしなかった。生き延びたんだ」

私は、また首をすくめる。

「それは、あなたのことでしょう。私の兄弟の場合は違ったんです。母の場合もね」

われわれは真っ向から睨み合う。私は、彼の視線を受け止める。

「もうおわかりでしょう、あなたの人生と、私の兄弟の人生、二つは別個のものなんですよ。あなたは、別の方面を調査なさるべきです」

彼は首を振る。

「そうじゃないだろう、クラウス、おまえにはよくわかっているはずだ。おまえは、ぼくがおまえの兄弟のリュカだと知っているくせに、そのことを否定している。何を怖れているんだ？　なあ、クラウス、何なんだ？」

私は答える。

「何も怖れてなどいませんよ。私が何を怖れなきゃならないんですか？　もし、あなたのことを自分の兄弟だと確信できるのなら、私は、あなたと再会できたことを最高の幸せと感じますよ」

彼が問う。

「ぼくがもしおまえの兄弟でないなら、いったいどんな目的でおまえに会いにくるっていうんだい？」

「そんなことは見当もつきません。しかし、あなたの外見だけとっても……」

「ぼくの外見？」

「ええ、私を見てください。そして、ご自分をごらんになればいい。私たちのあいだに、ほんの少しでも身体的な類似点がありますか？　リュカと私は正真正銘の双子でね、瓜《うり》二つだったんですよ。あなたはそういうお顔だし、体重も、私より三十キロほども軽いでしょう」

リュカは言う。

「おまえ、ぼくが病気になったこと、不具になったことを忘れているよ。ふたたび歩けるようになっただけでも、ぼくの場合、奇蹟だったんだよ」

私は言う。

「体の特徴のことはいいとしましょう。空襲のあと、あなたにはどんなことがあったんですか？」

彼は言う。

「両親が名乗り出てこないので、ぼくは、K市の年寄りの農婦のもとに預けられたよ。外国へ行くまで、ぼくは彼女の家で暮らし、働いた」

「外国では、何をしていたんですか？」

「ありとあらゆることをした。それから、数冊の本を書いたんだ。そういうおまえは、クラウス、お母さんとお父さんが亡くなってから、どんなふうに生きてきたんだい？おまえの話では、幼くして孤児になったわけだね……」

「そう、まだほんとうに幼い頃にね。けれども、私は幸運に恵まれました。孤児院には、数カ月しかいませんでした。親の友人の一家が、私を引き取ってくれたんです。その一家の人々のあいだで、私はとても幸福でした。子供が四人いる大家族でね。私はのちに、その家のサラという長女と結婚したんです。私たちは二人の子供を得ました。女の子と男の子と一人ずつです。今では、私もおじいちゃん、満ち足りたおじいちゃんなんです」

リュカは言う。

「意外だなあ。この家に入ってみて、おまえがひとりで暮らしているような印象を受けたのに」

「現在、私はひとりですよ。それはそうなんです。しかし、これもクリスマスまでのことです。今、急いで終えなくちゃならない仕事をかかえているんです。新しい詩集を編むのでね。その仕事をすませたら、私は、K市にいる妻のサラ、子供たち、孫たちと合流する予定です。あちらで、私たちはみんな揃って冬休みをすごすんです。あの町に、妻の両親から相続した家があるんですよ」

リュカが言う。

「K市なら、ぼくは暮らしていたことがあるんだよ。あの町は熟知している。おまえの家って、あの町のどの辺だい？」

「中央広場の、グランド・ホテルの向かい側、本屋の隣です」

「ぼくはね、つい最近まで、数カ月間K市ですごしたんだよ。まさにあの本屋の二階に住んでいたんだ」

私は言う。

「奇遇ですねえ。あそこは、それはもう美しい町でしょう？　子供の頃、私は、しばしばあの町で休暇をすごしました。孫たちもね、あの町がたいへん気に入っています。とくに双子の二人がね。娘の息子たちなんですけれども」

「双子だって？　その二人の名前は？」

「クラウスとリュカですよ、いうまでもなく」

「ふむ、いうまでもなく」

「息子の子供は、今のところ女の子一人で、サラといって、彼女のおばあちゃん、つまり私の妻と同じ名前です。もっとも、息子はまだ若いんです。彼にも、もっと子供ができるかもしれません」

　リュカが言う。

「幸せなんだね、クラウス」

　私は答える。

「ええ、とても幸せです。あなたにも、ご家族がいらっしゃることと思いますが……」

　彼は言う。

「いや、家族はいないよ。今にいたるまで、ひとりだ」

「なぜです？」

　リュカは言う。

「わからん。たぶん、愛することを誰からも教わらなかったからだろう」

　私が言う。

「それは残念ですね。子供というものは、たくさんの喜びをもたらしてくれますよ。あの子たちのいない自分の人生なんて想像できません」

　私の兄弟は立ち上がる。

「車で人が待ってくれているんだ。これ以上邪魔をするのは控えることにしたい」

私は微笑む。

「どういたしまして。それじゃ、これで、移住なさった国へお帰りになるんですね？」

「当然そういうことになるよ。もうここでは、何もすることがなくなってしまった。これが最後だ、クラウス、さよなら」

私は立ち上がる。

「門までお送りします」

庭の門のところで、私は彼に、手を差し出す。

「では、失礼します。いつの日か、あなたもついにご自分の家族と再会されることと思います。幸運を祈ります」

彼は言う。

「あくまでそんな態度を取り続けるんだね、クラウス。おまえがそんなに冷淡な心の持ち主だと知っていたら、ぼくはけっして、おまえに会いにこようなどとはしなかった。ここへ来たことが心底悔やまれるよ」

私の兄弟は、黒塗りの大型車に乗りこむ。車が発進し、彼を連れ去る。

ベランダへの階段を昇るとき、私は、雨氷の張った石段で足をすべらせる。転倒する。額を石の角にぶつける。血が目に入る。涙と混ざる。体が凍《い》てつき、死んでしまうまで、この場に伏せていたい気がする。しかし、そうはしていられない。明朝、母の世話をしなければならないのだ。

家の中に入る。風呂場へ行く。傷口を洗う。消毒する。絆創膏を張る。それから、兄弟の原稿を読むために書斎へ戻る。

翌朝、母が訊ねる。

「クラウス、どこで怪我したの？」

私は言う。

「階段です。門の扉が閉まっているかどうか確かめようと降りていったんですが、雨氷に足を取られましてね」

母は言う。

「きっと飲みすぎたんでしょうよ。あんたは酔っぱらいで、能なしで、粗忽《そこつ》者なのよ。ねえ、私の紅茶、まだ淹《い》れていないの？　まだだなんて、それにしても呆れたもんだわ！　それに寒いこと。あんたね、三十分早く起きて、私が目覚める時には家の中が温まっていて、紅茶の用意ができている、というようにできないの？　あんたなんて、ただの怠け者、何の役にも立たない屑だわね」

私は言う。

「はい、紅茶ですよ。もう少しで暖かくなりますからね。実をいうとね、ぼくは一睡もしていないんですよ。徹夜で書いていたんです」

母は言う。

「またなの？　旦那さまは一晩じゅう書くことにご執心で、暖房だの、お茶だのにはかまっていられないってわけね。あんた、書くんなら日中にすればいいじゃないの。あんたみたいに夜中働いている人なんて世間にいやしないわよ」

私は言う。

「わかっていますよ、お母さん。日中働くほうが、そりゃいいでしょう。でもね、ぼくは印刷所にいた時、夜中働く習慣を身につけてしまったんです。いまさらどうにも仕方がないんです。いずれにせよ、昼間はいろんなことで落ち着けませんしね。買い物もしなきゃならないし、食事の支度もあります。それにとりわけ、通りの騒音が気になってね」

母は言う。

「おまけに私がいるわね、そうでしょ？　おっしゃい、はっきりおっしゃいよ、昼間あんたの邪魔をするのはこの私だって。あんたは、母親がベッドに入って寝静まってからでないと書けないんでしょう？　あんた、夜になるときまって、私を一刻でも早く床に着かせようとそわそわしているわね。私にはわかっているのよ。もうずっと前からわかっているのよ」

私は言う。

「確かにね、お母さん、書くときには、ぼくは絶対にひとりっきりでいなくちゃなりません。静寂と孤独が必要なんです」

彼女が言う。

「私のこと、そんなに騒がしくて、そんなにでしゃばりだと思っているわけね。心外だわ。あんた、そう思っているんなら、はっきり言えばいいのよ。そしたら私、もう部屋から一歩も出ないようにするから。私はもういっさいあんたを煩わせないし、あんたは買い物も食事の支度もしなくてよくなる、書くこと以外は何もしなくてよくなる、私さえお墓の中に入ってしまえばね。お墓に入れば、せめてものことに私、息子のリュカと会えるわ。私に邪険にしたことなんか一度もないリュカ、私が死ねばいいとか、いなくなればいいとか、そんなことはけっして思わなかったリュカにね。お墓の中なら、私も幸せになれるわよ、誰からも、どんなことも咎《とが》め立てされなくてすむわよ」

私は言う。

「お母さん、ぼくは何ひとつ咎めちゃいませんよ。お母さんが邪魔だなんていうことは、ちっともありません。ぼくは、買い物も、食事の支度も、よろこんでします。ただ、執筆のために夜の時間が必要なんです。ぼくが印刷所をやめてからは、詩以外に、うちには収入源がないんですよ」

彼女は言う。

「だから、そこよ。あんたが印刷所をやめたのは間違いだったわ。印刷なら、まっとうな、わけのわかる仕事だったのに」

私は言う。

「お母さん、よくご存じのはずじゃないですか、ぼくは病気のせいで、やむなくあの仕事をやめたんですよ。あれ以上続けていたら、すっかり健康を損なうところだったんです」

母は、もはや答えない。テレビの前に坐りこむ。だが、夕食の時、ふたたび言い出す。

「家が崩れ出しているわよ。樋《とい》がはがれて、水がところかまわず庭に流れ出しているわ。この家、いまに雨漏りするわね。庭を見れば、ひどい雑草がはびこっているし、寝室は煙で黒ずんでいる。この家のご主人が吸う煙草の煙でね。その煙のせいで台所のほうは黄ばんでしまい、客間のカーテンも同じ。書斎と子供部屋のことは言うもあさましい。あの二つの部屋じゃ、あらゆるものに煙草の煙が染みついているんだもの。もう呼吸ができないわよ、この家の中じゃ。しかも、庭に出たって同じこと。見なさい、家から吐き出されてくる悪臭のせいで、花がすっかり枯れたじゃないの」

私は言う。

「わかりましたよ、お母さん。落ち着いてください、お母さん。庭に花がないのは、冬だからですよ。寝室と台所は、壁を塗り替えさせます。お母さんが言ってくれたおかげで、その必要に気がつきました。春が来たら、ぼくが注文して、家じゅうの壁を塗り替えます。樋も修理します」

睡眠薬を飲んだあと、母は落ち着く。ベッドへ行く。

私は、テレビの前に坐る。ふだんの夜どおり、探偵映画を観る。酒を飲む。そのうえで、書斎へ行く。兄弟の原稿の最後の頁を読み返す。そして、みずから書きはじめる。

私たちは、いつも四人揃って食卓についたものだった。父、母、そして、ぼくら二人。

日がな一日、母は歌っていた。台所でも、前庭でも、中庭でも——。夜もまた、ぼくらの寝室で歌って、ぼくらを寝かしつけてくれた。

父は歌わなかった。竈《かまど》用の薪を割りながら、口笛を吹いていることはあった。ぼくらの耳に親しかったのは、夜、さらには夜更けにいたるまで、父が叩いていたタイプライターの音だ。

その音は、まるでひとつの音楽のようで、耳にやさしく、聞いているぼくらを安心させてくれた。母のミシンの音、皿洗いの音、庭に来るツグミの囀《さえず》り、ベランダの野葡萄の葉擦れの音、中庭のクルミの木の枝々が風に揺れる音にもまた、同じ効果があった。

太陽、風、夜、月、星々、雲、雨、雪、何もかもがすばらしかった。ぼくらは、どんなものも怖くなかった。影法師も、大人たちのあいだで交わされている話——戦争の話も。ぼくらは、四歳だった。

ある晩、お父さんが制服を着こんで帰宅する。外套とベルトを、客間のドアのそばの外套掛けにかける。ベルトには、拳銃が吊り下げられている。

お父さんが、食事中に言う。

「お父さんは、よその町へ行かなくちゃならない。戦争が始まって、お父さんも戦場へ向かうことになったからね」

ぼくらが言う。

「お父さんが軍人だなんて、ぼくら初耳だよ。お父さんはジャーナリストで、兵隊さんじゃないはずなのに」

彼は言う。

「戦時には、男はみんな兵士なんだ。ジャーナリストでもだ。いや、ジャーナリストこそだ。お父さんは、前線をよく見てまわって、そこの様子を遠くにいる人たちに知らせなくちゃならない。従軍記者って呼ばれる仕事だ」

ぼくらは問う。

「どうして、お父さんが持っているのは拳銃なの?」

「お父さんは将校だからさ。兵卒は鉄砲を持つが、将校になると拳銃なんだ」

お父さんがお母さんに言う。

「子供たちを寝かしてくれ。きみに話すことがあるんだ」

お母さんがぼくらに言う。

「ベッドへ行きなさい。あとで、お話を聞かせてあげるわ。お父さんにご挨拶をして行きなさい」

ぼくらは、お父さんにキスする。それから、自分たちの寝室にいったん入る。が、すぐさま、足音をしのばせて寝室から出る。廊下にしゃがむ。客間のドアのちょうど後ろだ。

お父さんが言っている。

「彼女と暮らすことにする。戦争が始まったし、私はもうぐずぐずしていられない。彼女を愛しているんだ」

お母さんが問う。

「子供たちのことを考えないの?」

「彼女のほうにも、もうじき子供が生まれる。それだから、私はもう黙っていられないんだ」

「離婚したいのね？」

「今はその時機じゃない。戦争が終わったら、そのとき考えよう。とりあえず、生まれてくる子供の認知だけはしておくつもりだ。戦地から帰ってこれないことだってあり得るからね。何が起こるかわからん」

お母さんが問う。

「あなた、もう私たちを愛していないの？」

お父さんは言う。

「そういう問題じゃないよ。私は、きみたちを愛しているとも。子供たちときみのめんどうは、これからもずっと見ていくつもりだ。ただ私は、もう一人の女性も愛しているんだ。このこと、わかってくれないか？」

「いやよ。わかることなんてできない。それに、わかりたくもないわよ」

発砲の音が聞こえた。ぼくらは、客間のドアを開ける。撃ったのはお母さんだ。お母さんが、お父さんの拳銃を握っている。まだ撃っている。お父さんは床に倒れている。お母さんは、なおも撃ち続けている。ぼくの横で、リュカもまた倒れる。お母さんが、拳銃を投げ捨てる。叫び声を上げる。リュカのそばに膝をつく。

ぼくは、家の外に出る。通りを走る。叫ぶ。「助けて！」通りがかりの人々が、ぼくを取り押さえる。ぼくの家に連れ帰る。彼らは、ぼくを落ち着かせようとする。また、お母さんをも落ち着かせようとする。けれども、お母さんは、相変わらず叫び声を上げている。「いや、いや、いや」

客間が人でいっぱいだ。警官たちが到着する。二台の救急車も着く。ぼくらは全員、病院へ運ばれる。

病院で、私は、注射を打たれてようやく眠る。それまでは、なお泣き叫んでいたのだ。

翌日、医者が言う。

「この子は大丈夫だ。弾《たま》は当たっていない。帰らせていい」

看護婦が言う。

「帰らせるって、どこへですか？　この子の家には誰もいませんわ。そのうえ、この子はまだ四歳なんですよ」

医者は言う。

「民生委員に相談したまえ」

看護婦が私を、事務室の一つへ連れていく。民生委員は、髪をシニョンに結った老婦人だ。彼女が、私に質問する。

「おばあちゃんはいる？　おばちゃんは？　近所に、ふだんから可愛がってくれている人はいない？」

私は問う。

「リュカはどこ？」

彼女は言う。

「この病院にいるわよ。怪我をしているの」

私は言う。

「会いたい」

彼女は言う。

「彼は意識を失っているのよ」

「それ、どういうこと？」

「今のところ、口をきくことができないわけなの」

「死んだの？」

「いいえ、でも、休んでいなきゃいけないの」

「じゃあ、お母さんは？」

「あなたのお母さんは元気よ。だけど、お母さんにも会うことはできないわ」

「どうして？　お母さんも怪我しているの？」

「いいえ、眠っているのよ」

「じゃあ、お父さんは？　お父さんも眠っているの？」

「ええ、そうよ、お父さんも眠っているの」

彼女が、私の髪を撫でる。

私は問う。

「どうして、みんな眠っているの？　なのにどうして、ぼくだけ起きているの？」

「別にわけはないの。こんなことも、時には起こるのよ。ある一つの家族のみんなが眠ってしまうなかで、眠らない人はひとりでいるの」

「ぼく、ひとりでいたくない。ぼくも眠りたい。リュカみたいに。お母さんみたいに。お父さんみたいに」

彼女が言う。

「誰かがちゃんと起きていなけりゃならないのよ。みんなを待っていてあげるために、そして、帰ってくる人、目覚める人の世話をしてあげるためにね」

「それじゃ、みんな目を覚ますんだね？」

「みんなじゃないかもしれないけれど、ええ、そうよ、目を覚ます人もいるわ。少なくとも、そう信じなくてはね」

私たちは、いっとき沈黙する。彼女が訊ねる。

「それまでのあいだ、あなたのめんどうを見てくれそうな人、誰か知らない？」

私は問う。

「それまでって、いつまでなの？」

「あなたの家の誰かが帰ってくるまでよ」

私は言う。

「そんな人、誰も知らない。それにぼく、めんどうを見てもらいたくなんかないよ。自分の家に帰りたいんだ」

彼女が言う。

「あなたの歳では、自分の家でひとりで暮らすなんてこと、できやしないわ。もし、これといった人がいないんなら、気は進まないけれど、あなたを孤児院に預けることにするわ」

私は言う。

「ぼくは、どうでもいいよ。ぼくらの家で暮らすことができないのだったら、ぼく、行く所なんかどこでもいいもの」

一人の女性が、事務室に入ってくる。言う。

「この男の子を迎えに来ました。うちに引き取りたいと思います。この子には、ほかに誰もいません。私、この子の家族を知っているんです」

民生委員が私に、廊下をひとまわりしておいでと言う。廊下には人々がいる。長椅子に腰かけて、彼らは話しこんでいる。彼らのほとんどが部屋着姿だ。

彼らは言っている。

「驚いたわねえ」

「惜しいなあ、あんなにいい家族だったのに」

「彼女に理があるわよ」

「男ってそうなのよ、みんなそうなのよ」

「恥よね、あの手の女たちって」

「それにしても、この大騒ぎ、戦争が始まったこんな時期に」

「まったく人騒がせだよ、みんなそれどころじゃないのに」

さっきの、「この男の子をうちに引き取りたいと思います」と言った女性が、事務室から出てくる。私に言う。

「私といっしょに来ていいことになったわ。私はアントニアっていうの。あなたは？　あなたはリュカ？　それともクラウス？」

私は、アントニアと手をつなぐ。

「ぼくはクラウスさ」

私たちはバスに乗る。歩く。私たちが入った小さな寝室には、ダブルベッドのほかに、子供用のベッド、鉄製の折りたたみ式ベッドがある。

アントニアが私に言う。

「あなた、まだ小さいから、このベッドで寝られるわよね？」

私は言う。

「うん」

私は、子供用ベッドで寝る。私の体にやっと足りるほどのスペースがある。足が格子に届く。

アントニアがさらに言う。

「この小さなベッドをここに入れたのはね、生まれてくる私の子供のためなの。あなたにとっては、弟か妹になるわ」

私は言う。

「兄弟なら、ぼくにはちゃんと一人いるよ。ほかにはいらない。妹だっていらないよ」

アントニアはダブルベッドに寝ている。言う。

「いらっしゃい、私の近くにいらっしゃい」

私は、自分のベッドから出る。彼女のベッドのそばに寄る。彼女が、私の手を取る。私の手を自分の腹の上に乗せる。

「わかる？　動いているわ。もうじき、私たちといっしょに暮らすことになるのよ」

彼女は、私をベッドの中に引き寄せる。私を静かに揺する。

「あなたみたいに綺麗な子が生まれるといいんだけど」

そうしてから、私を小さなベッドにふたたび寝かせる。

アントニアに静かに揺すられるたびに、私は、赤ん坊の動きを感じた。そして、それがリュカであるような気がした。私は誤っていた。アントニアの腹から出てきたのは、女の子だった。

私は台所に坐っている。二人の年配の婦人に、台所にとどまっているように言われた。アントニアの呻《うめ》き声が聞こえる。私は動かない。二人の年配の婦人がときどきやって来て、お湯を沸かし、私に言う。

「安心していらっしゃい」

時間がたって、年配の婦人のうちの一人が私に言う。

「入っていいわよ」

私は寝室に入る。アントニアが、私に両腕を差し出す。私を抱擁する。笑顔で言う。

「女の子よ。ごらんなさい。可愛い女の子よ。あなたの妹よ」

私は、揺りかごの中を覗きこむ。小さな紫色のものが、そこで泣き声を上げている。私は、その手を取る。指を一本一本数え、撫でる。十本ある。そのうちの左手の親指を、泣いている口に入れてやる。泣き声がやむ。

アントニアが、私に微笑む。

「その子、サラって呼びましょう。どう、この名前、あなた気に入った？」

私は言う。

「うん、どんな名前でもいいんだよ。大したことじゃないよ。それより、この子、ぼくの妹なんでしょ、そうだよね？」

「そう、あなたの妹よ」

「それでさ、リュカの妹でもあるんだよね？」

「ええ、リュカの妹でもあるわ」

アントニアは泣き出す。私は、彼女に問う。

「小さなベッドを取られちゃったんだけど、ぼく、これからはどこで寝るの？」

彼女が言う。

「台所でよ。お母さんに、台所にあなたのベッドを用意するよう頼んでおいたわ」

私は訊ねる。

「ぼく、もういっしょの部屋で寝られないの？」

アントニアは言う。

「あなたは、台所で寝たほうがいいわ。赤ちゃんは頻繁に泣き出すから、そばにいたら、みんなが一晩に何回も叩き起こされるから」

私は言う。

「あんまり泣いて困る時は、赤ちゃんの親指を、ちょっと口にくわえさせてやればいいのさ。左手の親指だよ、ぼくがやったように」

私は台所に戻る。そこにはもう、年配の婦人は一人しかいない。アントニアの母親だ。彼女は、私が食べるように、蜂蜜をつけたパン切れをくれる。私にミルクを飲ませる。それから、私に言う。

「寝なさい、坊や。自由に選んでいいわよ、好きなほうの寝床にしなさいな」

二つのマットレスが床にじかに敷かれ、それぞれの上に枕と毛布が載っている。私は、窓際に敷かれているマットレスを選ぶ。そこに寝ると、空と星を眺めることができる。

アントニアの母親は、残ったほうのマットレスに寝る。眠る前に、彼女は祈る。

「全能の神さま、私をお助けくださいまし。あの子供には、父親さえいないんです。私の娘が父《てて》なし子を生むなんて！　ああ、もし夫がこれを知ったら！　私は夫に偽りを言いました。夫に真実を隠しました。そのうえ、娘がかかえているもう一人の子ときたら、娘の子でさえないんです！　おまけにこの逆境……。罪深いわが娘を救うには、私はどうしたらよいのでしょうか？」

おばあちゃんは何やらもぐもぐ言っているが、私は、アントニアとサラのそばにいる幸せに満ち足りて、眠りに落ちる。

アントニアの母親は、朝早く起床する。私を、近所の店へ送り出し、買い物をさせる。私は、リストを差し出して、お金を渡すだけでいい。

アントニアの母親は、食事の用意をする。赤ん坊に沐浴《もくよく》をさせ、一日に何回もおむつを替える。洗濯をして、台所で、彼女と私の頭上に張ったロープに洗濯物を吊るす。そんな仕事のあいだ、彼女はひっきりなしに何やらもぐもぐ言っている。たぶん、お祈りだろう。

彼女は長くは滞在しなかった。サラの誕生の十日後、旅行カバンを提《さ》げ、お祈りを道連れに、去っていった。

ひとりで台所にいるのは気分が落ち着く。朝は早い時刻に起床して、ミルクとパンを買いにいく。アントニアが目覚めると、サラのための哺乳びんとアントニアのためのコーヒーを寝室へ運ぶ。ときには、私自身が哺乳びんを持ってミルクを与える。それから、サラの沐浴に立ち会うことができる。アントニアと私が二人して選んで買った玩具を使ってサラをあやすのが、私の役目だ。

サラは、ますます可愛くなる。髪と歯が生えてくる。笑うこともできる。それに、左手の親指を上手にしゃぶることを覚えた。

不幸にもアントニアは、ふたたび仕事につかなければならない。彼女の両親から、もうお金が送られてこないからだ。

アントニアは毎晩出かけていく。彼女は、あるキャバレーで働いている。踊ったり、歌ったりするのだ。深夜に帰宅する。朝は疲れ果てている。サラの世話ができない。

隣家の女性が毎朝来る。彼女がサラに沐浴をさせる。それから台所で、サラをベビーサークルに入れ、玩具を持たせる。隣人が昼食を拵え、洗濯をしているあいだ、私がサラの相手をして遊ぶ。皿洗いをすませると、隣人は帰っていく。それ以後、アントニアがまだ眠っていたら、家の中のことはすべて私がする。

午後、私は、サラを乳母車に乗せて散歩する。私たちは、子供の遊び場のある公園に立ち寄る。私はサラに、草の上を走らせてやり、砂場で遊ばせてやる。彼女をブランコに乗せて揺すってやる。

私は六歳になった。学校へ行かざるを得ない。最初の日、アントニアが私に付き添ってくる。彼女は教員と話す。そして、私を残して帰る。授業が全部終わると、私は走って帰宅し、何も変わったことがないかどうか確かめ、サラを連れて散歩に行く。

私たちは、どんどん遠出をするようになる。そうするうちにある日、まったくの偶然だったのだが、ふと気がつくと私は、自分の街に、自分が両親とともに住んでいた通りに来ていた。

私はそのことを、アントニアにも、ほかの誰にも話さない。だが連日、私は、何らかの口実を設けて緑色の鎧戸の家の前を通るようにする。私はそこにしばし立ち止まる。涙を流す。サラも、私といっしょに涙を流す。

家は打ち捨てられている。鎧戸は閉まっているし、煙突にも煙が見えない。前庭に雑草がはびこっている。家の裏の中庭には、きっとクルミの実が木から落ちたまま、誰にも拾われないで転がっているはずだ。

ある夜、サラが眠っているあいだに、私は家を抜け出す。通りから通りへと、音も立てずに、真っ暗闇のなかを走る。戦争なので、街灯は消されている。家々の窓も、光が洩れないよう入念に遮断されているので暗い。星々の光だけで、私には十分だ。あらゆる通り、あらゆる通路が、私の頭の中には刻みこまれている。

私は、柵をよじ登る。家を迂回する。クルミの木の根元あたりに坐る。草の中をまさぐる私の手が、硬くて乾いた感触のクルミの実に触れる。ポケットがいっぱいになるまで拾い集める。翌日は、袋を持参して行く。そして、持ち運べるかぎりのクルミを拾う。台所にクルミの詰まった袋があるのを見て、アントニアが私に訊ねる。

「どうしたの、このクルミ?」

「ぼくらの庭で拾ったのさ」

私は言う。

「どこの庭ですって? うちに庭はないわよ」

「ぼくが前に住んでいた家の庭だよ」

アントニアは、私を膝に乗せる。

「あの家、どうやって見つけたの？　よくもまあ、あそこを憶えていたもんね。あなた、あの頃はまだ四歳だったのに」

私は言う。

「今じゃ、ぼくは八歳だよ。ねえ、アントニア、あの時いったい何が起こったの？　ねえ、みんなはどこにいるの？　どうなったの？　お父さんと、お母さんと、リュカと……」

アントニアは泣く。泣きながら、私を、非常に強く抱きしめる。

「あなたはすべてを忘れるものと思っていたわ。私があのことをけっして話さなかったのは、あなたにすっかり忘れてほしかったからなのよ」

私は言う。

「ぼくは、何ひとつ忘れちゃいないよ。毎晩、空を眺める時、ぼくは、ぼくの家族三人のことを想うんだ。三人とも空の向こうにいるんだよね？　みんな死んじゃったんだね」

アントニアは言う。

「いいえ、みんなじゃないわ。お父さんだけなのよ。そう、あなたのお父さんは亡くなったの」

「じゃあ、お母さんはどこにいるの?」

「病院よ」

「ぼくの兄弟のリュカは?」

「リハビリテーションの施設にいるわ。国境に近いS市にある施設よ」

「リュカに何が起こったの?」

「ピストルの弾が当たったの、跳ね返った弾が」

「誰の、どんな弾?」

アントニアは私を押しやる。立ち上がる。

「ひとりにして、クラウス、お願い、ひとりにして」

彼女は寝室に入る。ベッドに身を投げ出す。まだ泣きじゃくっている。サラもつられて泣き出す。私がサラを抱き上げる。アントニアのベッドのふちに腰かける。

「泣かないで、アントニア。ぼくに何もかも言って。ぼく、すべてを知ったほうがいいよ。ああだったのだろうか、こうだったのだろうかって自分で憶測しているのは、すべてを知るよりもっと辛いよ」

アントニアは、サラを抱き上げ、自分のそばに寝かせ、私に言う。

「そっち側に寝なさい。サラを寝かせつけましょう。これから私があなたに言うこと、この子は聞いてはならないの」

私たちは、三人ともダブルベッドに寝て、長いあいだ無言でいる。アントニアは、ときにサラの髪を、ときに私の髪を撫でる。サラの規則正しい寝息が聞こえるので、彼女が寝ついたとわかる。アントニアが、天井を見つめたまま話し出す。彼女は、どのようにして私の母が私の父を殺害したかを言う。

私は言う。

「ぼく、発砲の音と救急車のことを憶えているよ。それにリュカのことも。お母さんは、リュカも撃ったの？」

「いいえ、リュカは流れ弾で負傷したの。弾が脊柱のすぐそばに当たったのよ。あの子は何カ月も意識不明だった。そのくらいだから、あの子の体は一生不自由なままだろうって、誰もが思ったものよ。それが今では希望の光が見えてきて、すっかり元どおりに治せるかもしれないらしいわ」

私が問う。

「お母さんも、リュカと同じように、S市にいるの？」

アントニアは言う。

「いいえ、あなたのお母さんはここに、この町にいるわ。ある精神病院に」

私は問う。

「精神病院？　それ、どういうこと？　お母さんは病気なの、それとも、気が狂っているの？」

アントニアは言う。

「気が狂うのも、ひとつの病気にすぎないのよ」

「ぼく、会いに行ってもいいの？」

「さあねえ……。会わないほうがいいわ。悲しすぎるから」

私はいっとき考えこむ。それから問う。

「どうして、お母さんは気が狂ったの？　どうして、お母さんはお父さんを殺したの？」

アントニアが言う。

「あなたのお父さんが私を愛していたからなの。彼は、私たちを、サラと私を愛していたの」

私は言う。

「サラはまだ生まれていなかったよ。ということは、あなたのせいなんだ。何もかも、あなたのせいで起こったんだ。あなたがいなかったら、緑色の鎧戸の家の中の幸せは、もっともっと続いていたんだ。戦争のあいだだって、戦争が終わってからだって。あなたさえいなかったら、お父さんは死んだりしなかったし、お母さんも気が狂ったりしなかった。リュカは不具になんかならず、ぼくも、今みたいにひとりぼっちじゃなかったはずだ」

アントニアは黙っている。私は寝室から出ていく。

私は台所へ行く。アントニアが買い物のために用意したお金をつかむ。彼女は毎晩、翌日の買い物に必要なお金を台所のテーブルの上に置いておくのだ。彼女はけっして、私に清算を求めたりはしない。

私は家を抜け出す。バスや路面電車が走っている道幅の広い大通りまで歩く。道端でバスを待っている一人の老婦人に問う。

「すみません、奥さん、駅へ行くにはどのバスに乗ればいいんですか？」

「どの駅へ ねる。

「いちばん近い駅で の？　駅は三つあるのよ」

「五番の市電にお乗りなさい。その次に三番のバスに乗るのよ。車掌さんに訊けば、どこで乗り換えればいいのか教えてくれるわ」

私は、人でいっぱいの、非常に大きな駅に着く。人々がひしめき合い、大声を出し、罵り合っている。私は、窓口の前で待っている人々の列に加わる。列は、ゆっくりとしか前に進まない。ようやく自分の番が来ると、私は言う。

「S市までの切符を」

窓口の係員が私に言う。

「S市行きの列車は、ここからは出ないよ。南駅へ行かなきゃ」

私は、ふたたびバスと市電を乗り継ぐ。南駅に着いたのは、すっかり日が暮れてからで、S市行きの列車はもう明朝までない。私は待合室へ行く。ベンチに空いている席を一つ見つける。大勢の人がいて、いやな臭いがする。そのうえ、パイプと煙草の煙で目がちくちくする。私は眠ろうとするが、目を閉じるやいなや、寝室にひとりでいるサラ、台所へ出てくるサラ、そこに私がいないので泣くサラが瞼《まぶた》に浮かぶ。サラが一晩じゅうひとりっきりになる。なぜなら、アントニアはどうしても仕事に行かなければならないし、私はというと、もう一つの町、兄弟のリュカが暮らしている町へ発とうと、駅の待合室に腰かけているからだ。

兄弟のリュカが暮らしている町へ行きたい。兄弟に再会したい。再会できたら、次には二人して、お母さんに再会しに行くんだ。明日の朝、S市へ発とう。きっと発とう。

私は眠れない。ポケットに配給券が入っているのに気がつく。この券がなくては、アントニアとサラは何も食べられまい。

帰らなくてはならない。

私は走る。私の運動靴は音を立てない。朝、私は家の近くにいる。パンを得るために、次にミルクを得るために、列に並ぶ。帰宅する。

アントニアが台所に腰かけている。私を抱きかかえる。

「どこにいたの？　サラも私も、一晩じゅう泣いていたのよ。もう私たちを置いていったりしちゃだめよ」

私は言う。

「もう二人を置いてはいかない。ほら、パンとミルク。ちょっとお金が足りないんだ。ぼく、駅へ行って、それからまた別の駅へ行ったから。S市へ行きたかったんだ」

アントニアが言う。

「私たち、近いうちにいっしょにあの町へ行きましょう。あなたの兄弟に再会しましょう」

私は言う。

「ぼく、お母さんにも会いに行きたい」

ある日曜の午後、私たちは精神病院へ行く。アントニアとサラは、受付に残る。一人の看護婦が私を、テーブルと何脚かの肘掛け椅子が置かれた一室へ案内する。窓の手前に小さな円卓があって、観葉植物が置いてある。私は腰かける。待つ。

看護婦が戻ってくる。彼女は、部屋着姿の一人の女性の腕を取って支え、その女性が肘掛け椅子の一つに腰を下ろすのを助けている。

「ママンに〝こんにちは〟をおっしゃい、クラウス」

私は、その女性を見る。彼女は太っていて、年老いた様子だ。半分灰色になった髪を後ろにひっつめにし、うなじのところで、ウールの切れ端で括《くく》っている。それが私の目にとまるのは、彼女が後ろを振り向いて、閉められたドアを長々と見ているからだ。そのあと、彼女は看護婦に問う。

「……で、リュカは？　リュカはどこにいるの？」

看護婦が答える。

「リュカは来られなかったの。でも、ほら、クラウスよ。あなたのママンに〝こんにちは〟をおっしゃい、クラウス」

私は言う。

「こんにちは、ママン」

彼女が問う。

「どうして、おまえひとりなの？　どうしてリュカはいっしょに来ないの？」

看護婦が言う。

「リュカも来るわよ、近いうちにね」

母は、私を見ている。大粒の涙が、彼女の淡いブルーの目から流れ出す。言う。

「嘘だわ。いつも嘘ばっかし」

彼女は洟《はな》を出す。看護婦がその洟をかんでやる。母は、首を前にがっくりと落とす。

もはや何も言わない。もはや私を見てもいない。

看護婦が言う。

「そうね、疲れたわね。ベッドに戻りましょうね。クラウス、ママンにキスする？」

私は首を横に振る。立ち上がる。

看護婦が言う。

「ひとりで受付まで行けるわね？」

私は何も言わない。部屋から出る。アントニアとサラの前を、無言で通りすぎる。病院の建物から出る。門の前で待つ。アントニアが私の肩を抱き、サラが私の手を取る。が、私は身を引きはがす。そして、両手をポケットに突っこむ。私たちは、口をきかぬままバス停まで歩く。

夜、アントニアが仕事に出ていく直前、私は彼女に言う。

「今日会った女の人は、ぼくのお母さんじゃない。ぼくは、もう会いにいかない。あなたこそ、会いにいくべきなんだ。そうしなきゃわからないよ、あなたのせいで、ぼくのお母さんがどんなふうに変わり果てたか」

彼女が問う。

「どうしても私を赦《ゆる》してくれないの、クラウス？」

私は返事しない。彼女はつけ加える。

「私がどんなにあなたを愛しているか……」

私は言う。

「そんなの、おかしいよ。あなたは、ぼくのお母さんじゃないんだ。お母さんこそ、ぼくを愛してくれるべきなんだ。それなのに、お母さんはリュカしか愛していない。あなたのせいだ」

戦線が近づいてくる。町は、昼夜を問わず爆撃される。地下室ですごす時間が長くなる。地下室に、マットレスと毛布を常備している。当初、隣人たちも同じ地下室に避難してきていた。ところが、ある日、彼らはいなくなった。アントニアが、あの人たちは強制収容所へ連れていかれたのだと言う。

アントニアには、もう仕事がない。彼女が歌っていたキャバレーは、もう存在しない。学校も閉鎖されている。食糧を手に入れるのが、配給券を使ってもなお、きわめて難しい。幸い、アントニアには、ときどきやって来る友人がいて、彼が私たちに、パン、粉ミルク、ビスケット、チョコレートを持ってきてくれる。夜、その友人は、夜間外出禁止令のために帰宅できないから、家に泊まる。そんな夜には、サラは、私とともに台所で寝る。私は、彼女を抱いて静かに揺すってやる。彼女に、もうじき再会するはずのリュカのことを語る。そうして私たちは、星々を眺めながら眠りにつく。

ある朝、アントニアが、早い時刻に私たちを起こす。彼女は私たちに、うんと暖かく服を着こむよう、何枚ものシャツと何枚ものセーターの上にオーバーを着て、何足もの靴下をはくように言う。これから長旅をするというのだ。私たちの衣類の残りを、彼女は、二つの旅行カバンに詰める。

アントニアの友人が、車で私たちを迎えにくる。私たちは、旅行カバンを車のトランクに入れる。アントニアが前の席に、サラと私が後ろの席に坐る。

一つの墓に立ち寄る。その墓の木の十字架には、父の氏名が記されている。父のファースト・ネームは複合のもので、私のそれと私の兄弟のそれとの組み合わせから成っている。クラウス＝リュカ・Tが、父の名前だ。

墓の上には、いくつかの萎れた花束のあいだに、まだほとんど真新しい一束の花がある。白いカーネーションの花束だ。

私はアントニアに言う。

「カーネーションはね、お母さんが庭いっぱいに植えていたよ。お父さんの特に好きな花だったから」

アントニアは言う。

「知ってるわ。さあ、子供たち、お父さんに〝さよなら〟を言いなさい」

サラがすなおに言う。

「さよなら、お父さん」

私が言う。

「サラのお父さんじゃないよ。リュカとぼくの、ぼくらだけのお父さんだったんだもの」

アントニアが言う。

「このことは前に説明したはずよ。まだ、わかっていないの？　仕方ないわ。いらっしゃい、時間をむだにできないわ」

私たちは車に戻る。その車で南駅に着く。アントニアが、彼女の友人に〝ありがとう〟と〝さよなら〟を言う。

私たちは、窓口に並んでいる人の列に加わる。その時になって初めて私は、思いきってアントニアに問いかける。

「ぼくたち、どこへ行くの？」

彼女は答える。

「私の両親の家よ。でも、その前にいったんS市で列車を降りるの。あなたの兄弟のリュカを拾っていくためにね」

私は彼女の手をとる。その手に口づけする。

「ありがとう、アントニア」

彼女は、手を引っこめる。

「私に感謝なんかしないで。私にわかっているのは、町の名前と、リハビリ・センターの名前だけなの。それ以上は知らないのよ」

アントニアが切符の料金を支払うのを見て、私は、S市まで行く自分の運賃に買い物代をあてようとしたのが無謀だったことを悟る。

楽な旅ではない。列車が超満員なのだ。戦争の前線から遠ざかろうとする人々。私たち三人に、座席は一つしかない。アントニアと私のうち、坐る者がサラを膝に乗せ、もう一人は立っている。乗っているあいだ、私たちは、何度も交替して席にかける。目的地まで、本来の所要時間は五時間のはずなのだが、たび重なる空襲警報のために、実際には十二時間近くかかる。警報が鳴ると、列車は平原の真ん中でも止まる。乗客たちは列車から降り、野原に伏せる。たいてい、そういう折りには、私は自分のオーバーを地面にひろげる。そのうえにサラを寝かせる。そして自分はサラにおおいかぶさるように伏せて、弾丸や破片や砲弾から彼女を護る。

夜遅く、S市に到着する。ホテルに一室をとる。部屋に入ると、サラと私は、すぐさま大きなベッドにもぐり込む。アントニアは、情報収集のために階下のバーへ降りていく。そして、朝になるまで帰ってこない。

彼女は、リュカがいるはずのセンターの住所を手に入れた。翌日、私たちはそこへ向かう。

センターは、一つの庭園の中に位置する建物だ。半分が破壊されている。内部はがらんとしている。私たちは、煙で黒くなった壁面の前に佇む。

このセンターが爆撃されたのは、三週間前だ。

アントニアがいろいろと調べる。地元の役所で問い合わせる。センターの残存者を捜す。院長の住所がわかる。私たちは、院長の家を訪ねる。

彼女は言う。

「リュカのことは、とてもよく憶えていますよ。施設の中でいちばんたちの悪い子でした。いつも皆が嫌がるようなこと、困るようなことばかりしていました。ほんとうに我慢のならない、手に負えない子供だったわ。あの子には、誰も、一度も面会に来ませんでした。あの子のことを気にかけている者はいなかったんですね。私の記憶が正しければ、確か家庭で惨事があったんですよ。それ以上お話しするわけにはいきませんけれどもね」

アントニアはあきらめない。

「爆撃のあとで、彼にお会いになりました？」

院長は言う。

「私自身、あの爆撃で負傷したんですよ。でも、私のことを気にかけてくれる人はいません。大勢の人が、それぞれの子供のことで、私のところへ相談や問い合わせに来ます。そのくせ誰ひとり、私のことを気にかけてはくれません。けれど、私は爆撃のあと、二週間入院していたんですよ。ショックのせいです、おわかりになりますか？ 私は、あれらすべての子供の責任者だったんですからね」

アントニアはなおも問う。

「よく考えてください。リュカのことで、何かご存じですか？ 爆撃のあとで、彼にお会いになりました？ 生き残った子供たちはどうなったんですか？」

院長は言う。

「あれから会ってはいませんよ。繰り返しますが、私自身傷ついていたんです。子供たちは、生きていれば、それぞれの家へ送り返されました。死んだ子たちは町の墓地に埋葬されました。死にはしなかったけれども、住所のわからない子たちは、分散させられました。方々の村や農家や田舎町にね。子供を預かった人たちは、戦争が終わったら、その子供を返すことになっています」

アントニアは、町の死亡者名簿を調べる。

彼女は、私に言う。

「リュカは死んじゃいないわ。いつかきっと見つけ出せるわ」

私たちはまた列車に乗る。小さな駅に着く。その町の中心部まで歩く。アントニアは、彼女の胸で眠ってしまったサラを抱いている。私は、旅行カバンを提《さ》げている。中央広場まで来て、私たちは歩みを止める。アントニアがベルを鳴らす。年配の婦人がドアを開ける。この婦人なら、私はすでに知っている。アントニアの母親だ。彼女は言う。

「ありがたいこと、神様のおかげだわ! あなたたち、無事だったのね。そりゃもう心配したのよ。私、ずっとお祈りしていたんだから」

彼女が私の顔を、両手の中に包みこむ。

「じゃあ、あんたもいっしょに来たのね」

私は言う。

「いっしょに来るしかなかったんだ。サラのめんどうは、ぼくが見なくちゃならないから」

「もちろんよ、サラのめんどうは、あんたが見てあげなくちゃね」

彼女は、私を強く抱きしめる。私にキスする。それから、サラを抱き上げる。

「あんたはまあ、なんて綺麗なの、なんて大きいの」

サラは言う。

「眠いの。クラウスといっしょに寝たい」

私たち二人は同じ部屋に、アントニアが子供の頃そこで寝た部屋に、寝かされる。

サラは、アントニアの両親を、おばあちゃん、おじいちゃんと呼ぶ。私は彼らを、マチルダ伯母、アンドレアス伯父と呼ぶ。アンドレアス伯父は牧師で、動員されていないのは病気のためだ。彼の頭はいつも揺れている。まるで、ひっきりなしに「否《ノン》」と言っているかのようだ。

アンドレアス伯父は私を、小さな町を通りから通りへとめぐる散歩に連れていってくれる。ときには日暮れまで歩き続けることもある。彼は言う。

「私は昔から、男の子がほしいと思っていた。男の子なら、この町に対する私の愛着をわかってくれただろう。これらの通りの、これらの家々の、この空の美しさを理解しただろう。そうとも、絶対にこの町でしか見られないこの空の美しさをね。見たまえ。この空の色ときたら、名づけようもあるまい」

私は言う。

「まるで夢を見ているみたいだ」

「うむ、まさに夢だ。私には、女の子一人しかいなかった。その子も早々《はやばや》と、非常に歳若くして、手元から去ってしまった。彼女が今、小さな女の子とともに、そして、きみとともに帰ってきた。きみは、彼女の息子ではない。私の孫ではない。しかし、きみこそ、私が待ち望んでいた少年だ」

私は言う。

「でも、ぼくは、お母さんが治ったら、お母さんのもとに帰らなくちゃならない。ぼくはまた、兄弟のリュカも見つけなくちゃならない」

「うむ、もちろんだとも。きみが二人と再会できるといいと私も思う。だが、もし再会できない場合には、きみは永久にわが家にいてくれていいんだ。高等教育を受け、好きな仕事を選べばいい。大きくなったら何をしたいのかな？」

「サラと結婚したい」

アンドレアス伯父は笑う。

「きみは、サラとは結婚できない。きみたちは兄と妹だ。きみたちのあいだの結婚は不可能だよ。法が禁じているんだ」

私は言う。

「それなら、彼女といっしょに住むだけでいい。誰も、ぼくがこのまま彼女といっしょに住むことまでは禁じられないよ」

「これから大きくなっていくうちに、きみも、たくさんの若い娘と出会って、彼女たちと結婚したくなるよ」

私は言う。

「ぼくは、そうは思わない」

まもなく、通りを散歩するのは危険となり、しかも夜間は、外出禁止となる。警報が出ているあいだ、また空襲のあいだ、何をしてすごせばいいのか？　日中、私はサラの勉強を見てやる。彼女に読み書きを教える。計算の練習をさせる。家には、たくさんの本がある。屋根裏部屋からは、アントニアの古い教科書や子供の本が出てくる。アンドレアス伯父は、私にチェスを教える。女性たちが床に着く頃、われわれは勝負を始める。そして、夜更けまで興じる。

初めのうち、アンドレアス伯父がつねに勝つ。負けはじめると、彼は、ゲームへの興味も失う。

彼は、私に言う。

「やれやれ、きみは強すぎる。私は、もうやる気がなくなってしまった。何ひとつ、やりたいという気がしない。あらゆる意欲が、自分から消え失せていく。この頃ではもう、面白い夢ひとつ見ない。見るのはありきたりの夢ばかりだ」

私は、サラにチェスの指し方を教えようとする。しかし、彼女はそれを好まない。すぐに疲れる。苛立つ。もっと単純なゲームのほうが好きなのだ。が、彼女が何よりも好きなのは、私にお話を読んでもらうことだ。どんな物語でもかまわない、すでに二十回も読んだ物語でもいいのだ。


戦場が他国に移り、遠ざかっていくと、アントニアが言う。

「もうそろそろ私たち、首都の、私たちの家へ帰れるわ」

彼女の母が言う。

「あんたたち、飢え死にしてしまうわよ。サラは、しばらくここに置いておきなさい。少なくともあんたが、仕事と、まともな住まいを見つけるまでは」

アンドレアス伯父が言う。

「男の子のほうもここに置いていきなさい。この町には、いい学校もある。彼の兄弟が見つかったら、その子もここに迎えてやるよ」

私は言う。

「ぼく、首都に戻って、お母さんがどうしているかを知らなくちゃならない」

サラが言う。

「クラウスが首都に戻るんなら、あたしも戻る」

アントニアが言う。

「私、ひとりで発《た》つことにするわ。アパルトマンを見つけしだい、あなたたちを迎えにくる」

彼女は、サラに、そして私にキスする。私に耳打ちする。

「サラのことは、あなたがちゃんとしてくれるにちがいないわね。お願いね、まかせるわよ」

アントニアは去っていく。私たちは、マチルダ伯母とアンドレアス伯父の家にとどまる。私たちは、身のまわりを清潔《きれい》にしているし、十分に栄養も取っている。けれども、外出はできない。町は外国の兵士たちの駐屯地になっているし、何かにつけ混乱しがちだからだ。マチルダ伯母は、私たちの身に何か起こりはしないかと心配している。

私たちは、今では、それぞれ寝室を持っている。サラは、彼女の母の寝室だった部屋で寝る。私は、来客用寝室で寝る。

夜、私は、窓の手前まで椅子を引いてきて、広場を眺める。夜の広場には、ほとんど人気《ひとけ》がない。いく人かの酔っぱらいと、いく人かの軍人だけが、そこを通りかかる。時折り、一人の子供、見たところ私よりも年下なのだが、一人の子供が、びっこを引きながら広場を横切る。彼は、ハーモニカで曲を吹いている。一軒の居酒屋に入る。出てくる。別の居酒屋に入る。真夜中ごろ、すべての居酒屋が閉店すると、その子供は、相変わらずハーモニカを吹きつつ、町の西の方へ遠ざかっていく。

ある夜、私はハーモニカの子供を、アンドレアス伯父に指し示す。

「どうしてあの子は、夜更けに出歩くことを禁じられていないの？」

アンドレアス伯父は言う。

「あの子なら、私は一年前からずっと注目している。彼が住んでいるのは、町はずれにある彼の祖母の家だ。その祖母というのは、極端に貧しい女性だ。あの子は、おそらく孤児だろう。居酒屋で演奏して多少の金を稼ぐのを習慣にしている。誰も、あの子には危害を加えない。あの子は、町じゅうの庇護のもとに、そして神の庇護のもとにあるんだ」

私は言う。

「あの子、きっと幸せなんだ」

伯父が言う。

「きっとそうだ」

三カ月後、アントニアが、私たちを迎えにやって来る。マチルダ伯母とアンドレアス伯父は、私たちを引き留めたがる。

伯母が言う。

「女の子のほうは、もう少し置いておきなさいな。この子はここで幸せなんだし、何ひとつ不自由していないのよ」

アンドレアス伯父が言う。

「少なくとも、男の子のほうはここに置いていくがいいさ。世の中も落ち着いてきたことだし、この子の兄弟の件を調べはじめるいい時機だ」

アントニアが言う。

「この子がいなくても、それを調べることはできるでしょう、お父さん。私、二人とも連れていくわよ。この子たちのいるべき場所は、私のそばなんだもの」

首都で、私たちは今や、四部屋の広いアパルトマンに住んでいる。寝室のほかに、客間と浴室がある。

私たちの到着の夜、私は、サラにお話を一つ聞かせてやる。サラが寝つくまで、彼女の髪を撫でてやる。アントニアと彼女の友人が客間で話している声が聞こえる。

私は、運動靴をはく。階段を降りる。勝手知った通りを走り抜けていく。通りも、路地も、通路も、今では照明されている。もう戦争は終わったのだ。灯火管制も、夜間外出禁止令もない。

私は、自分の家の前で立ち止まる。台所に明かりがついている。初め、よその者が来て住みはじめたのだろうと推測する。明かりは、客間にも灯る。夏だ。窓は開け放たれている。私は近づく。誰かが話している。男の声だ。慎重に、私は窓から覗きこむ。母が、肘掛け椅子に坐って、ラジオを聴いている。

一週間にわたって、日に何回も、私は母の様子を窺いにいく。母は、部屋から部屋へと動き回ったり、頻繁に台所に立ったりして、その時々の用事に励んでいる。彼女はまた、庭の世話もしている。花を植え、水をやっている。夜は、窓が中庭に面している、かつての両親の部屋で、長いあいだ読書している。一日おきに、看護婦が自転車で訪れる。およそ二十分くらい家にいて、母とお喋りをし、母の脈を計る。母に注射を一本打つこともある。

日に一度、朝方、一人の若い娘が、ものを詰めたかごを手にやって来て、空のかごを手に去っていく。それなのに私は、アントニアのための買い物を続けている。アントニアなら、自分でやすやすと買い物ができるし、そのうえ彼女には、品物の持ち運びを助けてくれる友人までいるというのに。

母は、痩せてほっそりした。彼女はもう、私が病院で会った時のような、むさくるしい老女の感じではない。顔には昔の穏やかさが戻っているし、髪も本来の色とつやを取り戻している。その髪は結い上げられて、豊かな赤毛のシニョンを成している。

ある朝、サラが私に訊ねる。

「どこへ行くの、クラウス？　こんなによく、いったいどこへ出かけるの？　夜中にまで。あたし、夜中にあなたの部屋に来たのよ。悪い夢を見ちゃったから。そしたら、あなたがいないんだもの、あたし、すごく怖かったわ」

「怖ければ、どうしてアントニアの部屋へ行かないの？」

「あっちへは行きたくないの。ママンのお友だちがいるんだもの。あの人、ほとんど毎晩うちで泊まっているわ。ねえ、どこへ行っているの、クラウス、こんなにしょっちゅう？」

「ちょっと散歩に行くだけさ。街を歩き回るんだ」

サラが言う。

「あなた、誰も住んでいない家の前を散歩するのね。あなたの空っぽの家の前で泣くのね。違う？　どうして、もうあたしをいっしょに連れていってくれないの？」

私は、彼女に言う。

「あの家は、もう空っぽじゃないよ、サラ。ぼくのお母さんが戻ってきているんだ。彼女がまたぼくらの家に住んでいるんだ。だから、ぼくも、あそこへ戻らなくちゃならない」

サラは泣き出す。

「自分のお母さんといっしょに住むっていうの？　私たちの家から出ていくの？　あ

なたと離れて、あたしはどうすればいいの、クラウス？」

私は、彼女の目の上に口づけする。

「ぼくのほうは？　おまえと離れて、ぼくはどうすればいいんだい、サラ？」

私たちは、二人とも泣く。客間の長椅子に横たわって、抱き合う。ますます強く抱きしめ合う。互いに相手に、腕で、脚で、しがみつく。涙が、私たちの顔の上を、髪の中を、首すじを、耳の中を流れる。私たちは、嗚咽と、震えと、寒さに激しく動揺する。

私は、ズボンの股間《こかん》のところが濡れるのを感じる。

「あなたたち、何をしているの？　何があったの？」

アントニアが、私たちを引き離す。私たち二人を、別々に遠くへ押しやる。私たちのあいだに割って入るように坐る。私の両肩を揺さぶる。

「何をしたの？」

私は叫ぶ。

「サラを傷つけるようなこと、何もしていない」

アントニアはサラを抱く。

「ああ、驚いた。でも私も、こうなることを思ってみるべきだったわ」

　サラが言う。

「あたし、パンツにおしっこ漏らしちゃったみたい」

　彼女は、母親の首にしがみつく。

「ママン、ママン！　クラウスが、自分のお母さんのところに住むってよ」

　アントニアは吃《ども》って、もごもご言う。

「えっ？　えっ？」

　私が言う。

「そうなんだ、アントニア、お母さんと暮らすのがぼくの義務だから」

　アントニアは叫ぶ。

「だめよ！」

　それから、言う。

「そうね、あなた、お母さんの家へ帰るべきだわ」

　翌朝、アントニアとサラが、私を送ってくる。私たちは、通りの角で、私の家の通りの角で、立ち止まる。アントニアが、私を抱擁する。私に、鍵を一個差し出す。

「これ、うちの家の鍵よ。あなたの好きな時に来ていいのよ。あなたの部屋は、あのまま残しておくわ」

私は言う。

「ありがとう、アントニア。できるだけ頻繁に会いにいくよ」

サラは何も言わない。彼女は蒼白だ。眼が充血している。空を見つめている。夏の朝の、雲ひとつない青空。私は、サラを見つめる。この七歳の少女、ぼくの最初の恋人。ほかの恋人など、できるとは思えない。

私は、家の正面の、通りの反対側で立ち止まる。旅行カバンを道に置く。そのうえに腰を下ろす。若い娘がかごを手にやって来、それから去っていくのを見送る。私は坐ったままだ。立ち上がる力がない。正午ごろ、腹が減ってくる。眩暈《めまい》がする。胃が痛い。

午後、看護婦が自転車で到着する。私は、カバンを持ち、通りを走って横切る。看護婦が庭に入る前に、彼女の腕をつかまえる。

「すみません、看護婦さん、お願いします。待っていたんです」

彼女が問う。

「どうしたの？　あなた、病気なの？」

私は言う。

「いいえ、怖いんです。ぼく、家に入るのが怖いんです」

「どうしてこの家に入りたいの？」

「ここは、ぼくの家なんです。ぼくのお母さん……。お母さんが怖いんです。七年前から会っていないので」

私は吃る。震えている。看護婦が言う。

「落ち着きなさいな。あなたはクラウスのはずね。それともリュカなの？」

「ぼくはクラウスです。リュカはいないんです。彼がどこにいるのか、ぼくは知らないんです。知っている人がいないんです。それだから、ぼく、お母さんに会うのが怖いんです。ひとりっきりだし、リュカがいないから」

彼女は言う。

「そう、わかるわよ。あなた、私を待っていてくれてよかったわ。あなたのお母さんは、自分がリュカを殺してしまったと思いこんでいるの。私たち、いっしょに入りましょう。ついていらっしゃい」

看護婦がベルを鳴らす。母が、台所から大声で言う。

「どうぞ。開いていますよ」

私たちは、ベランダを横切る。客間で立ち止まる。看護婦が言う。

「今日は、とっても思いがけない人を連れてきましたよ」

母が、台所のドアのところに現れる。付けているエプロンで手を拭う。目を大きく見開いて、私を注視する。囁《ささや》く。

「リュカなの？」

看護婦が言う。

「いいえ、クラウスよ。でも、リュカも、きっと帰ってくるわ」

母が言う。

「いいえ、リュカは帰ってこないわ。私が殺したんですもの。私は、わが子を殺したの。あの子は、もう永久に帰ってはこないわ」

母は、客間の肘掛け椅子に腰を下ろす。震えている。看護婦が、母のドレスの袖をまくり上げる。母に注射を打つ。母は、されるがままになっている。看護婦は言う。

「リュカは、死んじゃいないわよ。あるリハビリテーション・センターに移されただけなの。前にも言ったとおりね」

私は言う。

「そうです。S市にあるセンターなんです。ぼく、彼を捜しにそこまで行きました。センターは爆撃で壊されましたが、でもリュカの名前は、死亡者名簿に載っていませんでした」

母が小声で訊ねる。

「おまえ、嘘をついているんじゃないの、クラウス？」

「いいえ、お母さん、ぼくは嘘なんかついていませんよ」

看護婦が言う。

「確実なことはね、あなたはリュカを殺さなかったということです」

母は、今は落ち着きを取り戻している。言う。

「私たち、その町へ行く必要があるわ。おまえは誰と行ったの、クラウス？」

「孤児院の女の先生と行ったんです。付き添って行ってもらえたんです。その先生の家族が、S市の近くに住んでいるので」

母が言う。

「孤児院だって？　おまえは、ふつうの家族のところに預けられたって聞いたわよ。おまえの世話をとてもよくしてくれるご一家だって。おまえ、その方たちの住所を私に教えてくれなきゃいけないよ。私からもお礼を申し上げるから」

私は、また吃りだす。

「あの人たちの住所は知らないんだ。あの家には、少しのあいだしかいなかったから。

だって、あの人たち、強制収容所に送られちゃったんだもの。それからね、ぼくは孤児院へ行ったんだよ。ぼく、何も不自由しなかったし、みんな、とってもやさしくしてくれたよ」

　看護婦が言う。

「私はこれで帰ります。まだほかにも予定が多いのでね。クラウス、そこまで送ってきてくれる？」

　私は家の前まで、彼女を送っていく。彼女が、私に問う。

「この七年間、どこにいたの、クラウス？」

　私は彼女に言う。

「ぼくがお母さんに言ったこと、お聞きになったはずです」

　彼女は言う。

「ええ、聞いたわ。でも、あれは真実じゃない。嘘をつくのが下手ね、坊や。私たちは各地の孤児院も調査したのよ。あなたは、どこの孤児院にもいなかったわ。それにしても、どんなふうにして、この家を見つけ出したの？　どうして、あなた、お母さんが帰っていることがわかったの？」

　私は口を噤《つぐ》む。彼女は言う。

「秘密にしておきたければそれでもいいわ。あなたにはきっと、それなりの理由があるんでしょうから。でも、私が何年も前からあなたのお母さんの看護をしているってこと、忘れちゃだめよ。彼女のことを知れば知るほど、私は効果的に彼女を助けられるの。あなたは、突然、旅行カバンを提《さ》げて現れたわ。どこから来たのって訊く権利、私にあるはずよ」

私は言う。

「いや、そんな権利、あなたにありません。ぼくはここにいる。ただ、それだけですよ。それはそうと、看護婦さん、ぼく、お母さんに対してどんなふうに行動すればいいんでしょう?」

彼女は言う。

「あなたがいいと思うとおりにしなさい。できれば、辛抱強くね。もし発作が起こったら、私に電話すること」

「発作って、どんなものですか?」

「心配しなくていいわ。今日よりひどくはならないから。お母さんは叫ぶし、震えるけれど、それだけよ。ほら、これが私の電話番号。もし、うまくいかないことがあったら、私を呼びなさい」

母は、客間の肘掛け椅子の一つに坐ったまま眠っている。私は、旅行カバンをあらためて持ち、廊下の先の子供部屋へ荷物を下ろしに行く。そこには、相変わらず二台のベッドがある。この二台の大人用ベッドは、両親が、「あのこと」の起こる直前に買ってくれたのだ。私は、私たちに起こった事件を言い表わす適切な言葉をまだ見つけていない。惨事とも、悲劇とも、破局とも言えるのだろう。しかし、自分の頭の中では、私はあれを単に「あのこと」と呼んでいる。あてるべき言葉がないのだ。

子供部屋は清潔《きれい》だ。ベッドもだ。お母さんがぼくらを待っていたことがわかる。だが、彼女が、より強く帰ってきてほしいと願っているのは、私の兄弟リュカのほうだ。

私たちが台所で無言で食事をしているとき、不意に、母が言う。

「私ね、あなたのお父さんを殺したこと、ちっとも後悔していないのよ。もし、彼が私たちを捨ててでも選ぼうとしたその女を私が知っていたら、その女もね、殺してやるわ。私がリュカに傷を負わせてしまったのは、その女のせいよ。何もかも、その女の罪なのよ。私のじゃないわ」

私は言う。

「お母さん、くよくよ思い悩むことないよ。リュカは、怪我はしたけれど、死んじゃいないんだよ。帰ってくるよ」

母は問う。

「あの子、どんなふうにしたらこの家を捜し出せるの？」

私は言う。

「ぼくのようにすればいい。ぼくがこの家を見つけたんだから、彼も見つけるよ」

母は言う。

「あなたの言うとおりだわ。とにかく、この家を離れることだけはしてはならないわね。あの子が私たちを捜しにくるのは、ここなんだもの」

母は、睡眠薬を服用する。非常に早い時刻に就寝する。夜中、私は母を、彼女の寝室へ見にいく。彼女は、ダブルベッドの端に仰向けになり、顔を窓の方に向け、夫の場所だったスペースを空けて、眠っている。

私は、少ししか眠らない。星々を眺める。そして、アントニアの家で、毎晩自分の家族とその家のことを想っていたように、ここでは、ちょうど逆に、サラのこと、サラの家族のこと、K市にいるサラの祖父母のことを想う。

目を覚ますと、部屋の窓の前に、あのクルミの木の枝がある。私は、台所へ行く。母にキスする。母が私に微笑む。コーヒーと紅茶がある。若い娘が、焼きたてのパンを持ってくる。私は彼女に、もう来てくれる必要はない、これからは私自身が買い物をするから、と言う。

母が言う。

「だめよ、ヴェロニク。これからも来てちょうだい。クラウスはまだ小さすぎて買い物は無理よ」

ヴェロニクは笑う。

「彼、そんなに小さくもないわ。でも、彼が店に行っても、必要なものは見つからないでしょうよ。あたしは、病院の炊事場で働いているの。あたしがここへ持ってくるものは、その炊事場で見つけるのよ。わかる、クラウス？　孤児院じゃ、あなたたち、食べ物の点では恵まれていたのよ。町で食料品を手に入れるためにしなくちゃならないことっていったら、あなたには想像がつかないわよ。四六時中、店の前で行列していなきゃならないのよ」

母とヴェロニクは、二人ともずいぶん楽しそうにしている。彼女たちは笑う。また抱き合う。ヴェロニクは自分の恋愛体験を話す。愚かしい話。「そのときね、彼があたしに言ったのよ……それでね、あたし、言ってやったわけ……そしたらねえ、彼ったら、やっきになってあたしにキスしようとしたのよ」

ヴェロニクは、母が髪を染めるのに手を貸す。彼女たちは、ヘンナという名の染料を使う。この染料が、母の髪に、かつての色合いを与えるのだ。ヴェロニクは母の顔の手入れもする。彼女は、母に「仮面《パック》」をほどこす。母の顔を、小さな刷毛《はけ》とチューブと鉛筆状のものを用いて化粧する。

母が言う。

「私はね、リュカが帰ってくる時に、きちんとした様子でいたいのよ。あの子に、むさくるしいとか、老いぼれているとか、醜いとか、そんなふうに思われたくないのよ。わかる、クラウス？」

私は言う。

「うん、わかるよ、お母さん。でも、お母さんは、灰色の髪のままで、お化粧をしていなくても、ちっとも変わらず綺麗だよ」

母は、私を平手打ちにする。

「部屋に引っこみなさい。でなきゃ、外へ散歩にでも行きなさい。おまえがいると、いらいらするわ」

彼女は、ヴェロニクに向けて言い足す。

「どうして私、あなたのような女の子ができなかったのかしら？」

私は出て行く。アントニアとサラが住んでいる家の周辺を散歩する。墓地へも行って、父の墓を捜す。ここへはアントニアと一度来ただけだ。そのうえ、墓地は広い。

私は帰宅する。庭仕事をしている母を手伝おうとする。だが、彼女が私に言う。

「遊びにいってらっしゃい。スケートボードか、三輪車でも出して」

私は、母を見据える。

「そんなものは四歳の子供の玩具だって、わからないの?」

彼女は言う。

「ブランコもあるわよ」

「ブランコもやる気にならないよ」

私は台所へ行く。ナイフを取る。そして、綱を、ブランコの四本の綱を切る。

母が言う。

「おまえ、少なくとも一人分は残しておけばよかったのよ。リュカが喜んだことでしように。おまえは気難しい子だね、クラウス。そればかりか、性悪《しょうわる》だよ」

私は、子供部屋に入る。ベッドに寝ころんで、詩を書く。

夜、母がぼくらを呼ぶことがある。

「リュカ、クラウス、食べにいらっしゃい!」

私が台所に入る。母は、私をじっと見て、リュカ用の三枚目の皿を戸棚に戻す。あるいは、その皿を流しめがけて投げつける。当然、皿は流しで割れる。あるいはまた別の折りには、彼女は、あたかもそこにリュカがいるかのように給仕する。

母が、真夜中に子供部屋に来ることもある。彼女は、リュカの枕を、ぽんぽんと軽く叩く。話しかける。

「よくお休みなさい。いい夢を見るのよ。また明日ね」

そう言うと、彼女は去っていく。しかし、彼女は、ベッドの横に膝をついてもっと長くじっとしていること、そして、リュカの枕に頭をのせて眠りこんでしまうこともある。

私は、自分のベッドでじっとしている。できるかぎり静かに息をする。だが、翌朝、私が目覚めると、母はもうそこにいない。私はもう一つのベッドの枕に触れてみる。それはまだ、母の涙で湿っている。

私のすることはどんなことでも、母の気に入らない。グリーンピースが一個、私の皿からこぼれる。と、彼女は言う。

「おまえは、いくつになっても清潔《きれい》に食べられないのね。リュカを見なさい。リュカはけっして、ナプキンを汚さないわよ」

私が一日じゅう庭の雑草を抜き、泥だらけになって家に入る。と、彼女は、私に言う。

「まあ、豚みたいに汚したのね。リュカなら、そんなこと、もっと清潔にやってのけたでしょうに」

母は、自分のお金、国家から支給される小額のお金を受け取ると、町へ出かける。高価な玩具をかかえて帰宅し、それをリュカのベッドの下に隠す。彼女は、私に警告する。

「触れちゃだめよ。ここにあるいろんな玩具はね、リュカが帰ってくる時のために、新品のまま取っておかなきゃいけないんだから」

私は今では、母が服用しなければならない数種類の薬を知っている。看護婦が、すべて教えてくれた。

したがって、母が薬を飲むのをいやがったり、忘れたりすると、私は、それらの薬をコーヒーや、紅茶や、スープに混ぜて、彼女に飲ませる。

九月、私は学校へふたたび通いはじめる。戦争の前に通っていたのと同じ学校だ。その学校で、サラに再会できるはずだ。ところが、彼女は来ていない。

放課後、私はアントニアの住まいのベルを鳴らす。返事がない。自分の鍵で、ドアを開ける。誰もいない。サラの寝室へ行く。引き出しを、洋服だんすを開ける。帳面一冊、服一枚ない。

私は、建物の外に出る。アパルトマンの鍵を、走ってくる路面電車の前に投げ捨てる。母の家に帰る。

九月末、私は墓地で、アントニアにばったり出会う。私はついに父の墓を見つけたのだった。その日、父が大好きだった花、白いカーネーションの花束を持って墓地へ行った。父の墓には、すでに花束が一つ置かれている。私は自分の花束を、その隣に置く。

どこから出てきたのか、アントニアが、私に問う。

「あなた、うちに来た？」

「うん。サラの部屋が空っぽだった。彼女、どこにいるの？」

アントニアが言う。

「私の両親の家よ。あの子、あなたを忘れる必要があるの。あの子、あなたのことで頭がいっぱいだったの。四六時中あなたに会いに行きたがっていた。あなたのお母さんの家でも、どこへでも行こうとしていたの」

私は言う。

「ぼくだって、いつも彼女のことを想っているよ。ぼく、彼女と離れては生きられない。ぼくは、どこでても、どんなにしてでもいいから、彼女といっしょに暮らしたい」

アントニアは、私を抱きかかえる。

「あなたたちは兄と妹なの、このことを忘れちゃだめよ、クラウス。あなたたち二人は、あなたたちがしたようなあんな愛し合い方をしてはならないのよ。私、あなたを家に引き取ったりするんじゃなかった」

私は言う。

「兄と妹。それがどうだっていうの？　誰にも知られないよ。ぼくらの名前は違うし」

「執着しちゃだめ、クラウス、執着しちゃだめ。サラのことは忘れなさい」

私は答えない。アントニアが言い足す。

「私、おなかに赤ちゃんがいるの。再婚したのよ」

私は言う。

「あなたは別の男の人を愛している。別の人生を生きている。じゃあ、どうして、まだここへ来るの？」

「わからないわ。たぶん、あなたのせいよ。あなたは七年間、私の息子だったんだもの」

私は言う。

「いや、そんなことはなかった。ぼくに母親は一人しかいない。ぼくが今いっしょに暮らしているお母さん、あなたが気ちがいにしてしまったお母さんだ。あなたのせいで、ぼくはお父さんも、兄弟も失ったんだ。それなのに、今度あなたは、ぼくの妹も奪ってしまう」

アントニアが言う。

「信じてちょうだい、クラウス。私も悔やんでいるの。でもね、こんなつもりじゃなかったのよ。こんな結果になるなんて、思いもよらなかったの。私は、心から、あなたのお父さんを愛したのよ」

私は言う。

「だったら、ぼくのサラへの愛もわかるはずだよ」

「それは不可能な愛なのよ」

「あなたの愛だって、そうだった。あなたは、〝あのこと〟が起こる前にどこかへ去って、ぼくのお父さんを忘れればよかったんだ。ぼく、もうここでは、あなたに出会いたくないよ、アントニア。ぼくはもう、お父さんのお墓の前であなたに出会うのはいやだ」

アントニアは言う。

「わかったわ。私、もう来ない。でも私は、あなたをけっして忘れないわ、クラウス」

母には、お金がほんの少ししかない。彼女は障害者として、国家からわずかな額を支給されている。私が家にいることは、彼女にとって余分な負担だ。私は、できるかぎり早く、仕事を見つけなくてはならない。ヴェロニクにすすめられて、新聞配達を始める。

私は、四時半に起床する。印刷所へ行く。自分の配る新聞の包みをかかえる。自分に割り当てられた通りを駆けめぐる。玄関のドアの前に、郵便受けに、商店のシャッターの下に、新聞を置いていく。

帰宅しても、母はまだ起きていない。彼女は、九時頃にならないと起きない。私は、コーヒーと紅茶を用意する。そして学校へ行く。学校では昼食も出る。家には、夕方の五時頃まで帰らない。

少しずつ、看護婦が訪問の間隔を広げていく。彼女は私に、母は治った、今後は鎮静剤と睡眠薬だけ服用していればいい、と言う。

ヴェロニクが来る回数も少なくなる。自分の結婚生活への失望を母に話しにくるだけだ。

十四歳、私は学校へ行くのをやめる。自分が三年間配達係をやった新聞社からの誘いを受けて、植字工の見習いに入る。午後十時から午前六時まで働く。

私の親方のガスパールが、夜食を私に分けてくれる。母は、私の夜食を拵《こしら》えることなど考えない。彼女は、冬の石炭を注文することさえ考えない。何も考えない。リュカのこと以外は。

十七歳、私は植字工となる。ほかの仕事との比較でいえば、かなりよい収入を得る。母を、一カ月に一回、美容室に連れていくことができる。そこでは、母の髪を染め、その髪にパーマをかけ、顔と手の「若返り」処置をほどこしてくれる。

母は、私が学校をやめたことをしつこく非難する。

「リュカなら、勉強を続けたわよ。そしてお医者に、偉いドクターになったことでしょうよ」

私たちの家が老朽化して雨漏りを起こすと、母は言う。

「リュカがいたら、建築家になっているところなのに。大建築家にね」

私が、自分の初めての詩を見せると、母はそれを読み、言う。

「リュカなら、詩人じゃなくて作家になったわよ。そう、大作家よ」

それからは、詩を書いても、私はもう見せない。隠しておく。


機械の音が、私の創作を助けてくれる。私の文にリズムを与える。私の頭の中に、イメージを喚起する。夜更けに新聞の頁を活字に組み終えると、私は、自分自身のテクストを組み、印刷する。そんなテクストに、私は「クラウス・リュカ」と署名する。死亡した、あるいは行方不明になった兄弟の思い出をこめた筆名だ。

われわれが新聞に印刷しているものは、現実とまったく矛盾している。「われわれは自由である」という文を毎日百回は印刷する。しかし、町へ出れば、いたるところで外国軍の兵士たちを見かけるし、この国の監獄に多数の政治犯が拘束されていることを知らない者はいない。外国への旅行は禁じられている。しかも、国内でさえ、われわれはどこへでも行けるというわけではない。私は、そのことを知っている。というのは、一度、サラに会いたくて小さな町K市へ行こうとした折り、その隣の町に着いた私は捕らえられ、一晩訊問されたあげく、首都へ追い返されたからだ。

「われわれの暮らしは豊かで幸福だ」という文を毎日百回は印刷する。初めのうち私は、母と私以外の人々の場合にはそれが事実で、私たち二人は「あのこと」のせいで貧しく、不幸なのだと思っていた。しかし、ガスパールによれば、私たちはけっして例外ではないそうで、彼自身、妻と三人の子供をかかえて、かつて経験したことがないほど貧しい暮らしをしているそうだ。

第一、私は早朝、仕事帰りの道々、職場へ向かう人々とすれ違うが、彼らのどこにも幸せそうな様子はないし、豊かさにいたってはもっと感じられない。私が、どうしてこれほどの嘘を大量に印刷するのかと問うと、ガスパールは、私にこう答える。

「疑問を持つのだけはやめておけ。言われた仕事だけして、あとのことにはかまうな」

ある朝、サラが、印刷所の前で私を待っていた。私は、彼女の前を、気がつかずに通りすぎた。振り返ったのは、自分の名前の呼ばれるのが突然耳に入ったからだ。

「クラウス！」

私たちは向き合って、互いに相手を見る。私は疲れた様子で、身なりは汚れ、髭も満足に剃っていない。サラは美しく、生き生きとして、上品だ。彼女は、今や十八歳だ。最初に話しかけたのは彼女だった。

「キスしてくれないの、クラウス？」

私は言う。

「ごめん、ぼくは今、こんなに汚《きたな》くしているものだから」

彼女が、私の頬にキスする。私は問う。

「ぼくがここで働いていること、どうして知ったの？」

「あなたのお母さんに訊いたのよ」

「おふくろに？　うちの家に行ったのかい？」

「ええ、昨晩。駅に着いてすぐにね。あなたは出かけたあとだったわ」

私はハンカチを出す。汗にまみれた自分の顔を拭う。

「おふくろには、自分のこと、何て言ったの？」

「子供の頃の友だちだって言ったわ。〝孤児院の時の？〟って訊かれたから、〝いいえ、学校の時です〟って答えた」

「アントニアのほうは？　彼女、きみがぼくに会いに来たこと、知っているの？」

「いいえ、知らない。私、大学へ登録に行くって言って出てきたから」

「朝の六時にかい？」

サラは笑う。

「母はまだ眠っているわ。それに、大学へ行くっていうのはほんとうなのよ。もう少しあとでね。時間はあるの。どこかでコーヒーでも飲みましょうよ」

私は言う。

「ぼくは眠くて……。疲れているんだ。それに、おふくろの朝食の用意もしなくちゃならないし」

彼女が言う。

「久しぶりで会ったのにうれしそうじゃないのね、クラウス」

「とんでもない、そんなことないよ、サラ！　きみのお祖父さんとお祖母さんはどうしてる？」

「元気よ。でも歳が歳だもの、めっきり老けたわ。母は、私といっしょにあの二人もこっちへ来させたがっていたんだけれど、祖父が、大好きな小さな町を離れたがらないの。ねえ、私たち、またときどき会えるわね」

「どの学部に登録するつもりなんだい？」

「医学をやれたらと思っているわ。私、ここへ戻ってきたんだし、これからは毎日だって会えるのよ、クラウス」

「弟か妹がいるはずだね。ぼくが最後にアントニアに会った時、彼女は、おなかに赤ちゃんがいたから」

「ええ、妹が二人、弟が一人いるわ。でも、私が話したいのはね、クラウス、私たち二人のことなのよ」

私は訊ねる。

「そんなに大勢を養っていけるなんて、きみの今のお父さんの職業は何なんだい？」

「党の指導部にいるのよ。だけど、あなた、さっきから、わざとほかのことばっかり話題にしているのね？」

「そうさ、わざとだ。ぼくら二人のことを話したって何の意味もない。話すことなんて、ありゃしないんだ」

サラは、呟くように言う。

「どんなに愛し合っていたか、忘れたの？　私は、あなたを忘れちゃいないわ、クラウス」

「ぼくも忘れちゃいない。だけど、会っても何にもならないんだ。まだ、そのことがわかっていないのかい？」

「わかったわ、たった今——」

彼女は、通りがかりのタクシーを呼び止め、乗って行ってしまう。

私は、バス停まで歩く。十分間待つ。そして、毎朝のバスに乗りこむ。いやな臭いのする、超満員のバスだ。

家に着くと、母がすでに起きている。めずらしいことだ。台所で朝のコーヒーを飲んでいる。彼女が、私に微笑む。

「なかなか綺麗な子ね、あんたのガールフレンドのサラって。彼女は何ていう名前なの？ サラは知っているけれど、そのあとは？ 彼女の苗字は何ていうの？」

私は言う。

「ぼくも知らないんですよ、お母さん。彼女は、ぼくのガールフレンドじゃありませんよ。もう何年も会っていなかったんですから。彼女は、学校時代のある友だちを捜しているんです。それだけのことですよ」

母は言う。

「それだけなの？ 残念ね。あんたも、ガールフレンドの一人くらいいていい年頃なのに。でもまあ、あんたは野暮ったすぎて女の子にはもてないんでしょうね。まして、ああいういい家のお嬢さんにはねえ。おまけに、あんたの場合は仕事が肉体労働だし。リュカだったら、話が全然違ってくるんだけれど……。そうよ、あのサラは、リュカにこそ似合いの女の子なのよ」

私は言う。

「そうですとも、お母さん。失礼します。ぼくは眠くてたまらないので」

私はベッドに横になり、眠る前に、頭の中でリュカに話しかける。もう何年も続いている習慣だ。私が彼に言うこと、それは、いつもとおおむね同じだ。私は彼に、死んでしまっているとすれば、おまえは運のいいやつだ、ぼくはおまえの立場にいたいと思う、と言う。私は彼に、おまえはいい役回りに当たった、重い負担を背負わなければならないのはぼくのほうだ、と言う。私は彼に、人生はまったく無益なものだ、無意味そのものであり、錯誤であり、果てしのない苦しみだ、こんなものを発明した〈非‐神〉の陰険さたるや、到底理解できるものではない、と言う。

サラには、私はもはや会う折りがない。ときどき、町中《まちなか》で、サラの姿を認めたように一瞬思うことがあるが、実際にサラであったためしがない。アントニアがかつて住んでいた建物の前を通りかかったことがある。しかし、郵便受けに知っている名前は一つもなかったし、それに、いずれにしても、私はアントニアの新しい苗字を知らない。

何年ものち、私は一通の結婚通知状を受け取る。サラの、ある外科医との結婚。印刷されている住所から、両家が、町でもっとも富裕かつシックな、「薔薇の丘」と呼ばれている地区に住んでいることがわかる。

「ガールフレンド」なら、私はたくさん持つことになる。私は、仕事の行き帰りに印刷所の近辺にある居酒屋に入るのを習慣とするようになったのだが、そんな居酒屋で出会う女たち。彼女たちは、女工かウェイトレスだ。私が彼女たちとのあいだに持つのはその場かぎりの関係で、同じ相手と何回も会うことは稀にしかない。また、彼女たちのうちの誰ひとり、自宅に連れていって母に紹介したりはしない。

日曜の午後は、たいてい親方のガスパールの家で、彼の家族とともにすごす。ビールを飲みながら、トランプをする。ガスパールには、三人の子供がいる。長女のエステルは、私たちといっしょにゲームをする。私とほぼ同じ歳で、繊維工場で働いている。十三歳の時から機織《はたお》り女工なのだ。少し年下の男の子二人は、ガスパールや私と同じように植字工なのだが、日曜の午後は外出する。サッカーの試合を観戦したり、映画館に入ったり、町をぶらついたりする。ガスパールの女房のアンナも、娘同様に機織り女工だ。彼女は皿洗いをし、洗濯をし、夕飯の支度をする。エステルは髪はブロンドで、眼は青く、サラの顔を思い出させる顔つきをしている。しかし、彼女はサラではない。私の妹ではない。私の〝命〟ではない。

ガスパールが言う。

「娘はおまえに惚れているんだ。結婚しないか。おまえにやるよ。あの娘にふさわしいのは、おまえだけだ」

私は言う。

「ぼくは結婚する気はないんです、親方。おふくろのめんどうを見なくちゃならないし、リュカも待たなくちゃならないので」

ガスパールは言う。

「リュカを待つって？　バカな奴だ」

彼はつけ加える。

「エステルと結婚する気がないんなら、もうおれの家には来ないほうがいい」

私は、もうガスパールの家には行かない。これ以降、空き時間はすべて、家で、母と二人きりですごす。ただ、あてもなく墓地や街を歩き回ることが私にはあり、その時間は別だ。

四十五歳、私はそれまでの印刷所とは別の、ある出版社に属する印刷所の主任となる。私はもう夜中は働かず、朝八時から、昼食時の二時間をはさんで夕方の六時まで働く。私の健康は、この時期にすでにいちじるしく損なわれていた。肺に鉛がたまり、酸素の足りない私の血液は腐っていくのだ。鉛中毒と呼ばれる、印刷工、植字工の職業病だ。医者は私に、ミルクをたくさん飲むよう、できるかぎり頻繁に新鮮な大気を吸うよう指示する。が、私はミルクが嫌いなのだ。私はまた不眠症でもあり、そのせいで精神的・肉体的疲労感の極度の蓄積に苦しんでいる。三十年間も夜間労働を続けた私には、夜眠ることに慣れるのは不可能だ。

新しい印刷所では、詩、散文、小説など、あらゆる種類のテクストを印刷する。出版社の社長がしばしば訪れて、作業をチェックする。ある日、彼が私の目の前に、彼が棚の上に見つけた私自身の詩を突きつける。

「これは何だね？　誰の詩だ？　このクラウス・リュカというのは誰だ？」

私は吃る。なぜなら、本来私には、個人的なテクストを印刷する権利はないからだ。

「それは、私のです。私の詩です。労働時間が終わってから印刷することがありまして……」

「きみが、これらの詩の作者クラウス・リュカだというのかね？」

「ええ、私です」

彼は問う。

「これを書いたのはいつだね？」

私は言う。

「この数年のうちです。ほかにもたくさん書きました。昔、若い頃は」

彼は言う。

「私のところに持ってきたまえ、手元にあるものをすべて。いいかね、明朝、きみが書きためたものを全部持って、私のオフィスに来たまえ」

翌朝、私は、社長の執務室に入る。持ってきた自作の詩は、数百頁、おそらくは千頁にも及んでいる。

社長は、手で包みの重さを計ってみる。

「こんなに？　発表しようとしたことはないのかね？」

私は言う。

「それは考えたことがありません。私は、自分のために、暇つぶしというか、楽しみで書いていたので」

社長は笑う。

「楽しみで？　きみの詩は、どう見ても楽しいっていうようなものじゃないよ。少なくとも、私がすでに読ませてもらった作品はね。しかし、きみも若い頃はもっと陽気だったのかな？」

私は言う。

「私の若い頃ですか？　いいえ、全然」

彼が言う。

「うむ、そのはずだ。あの時代には陽気になれるようなことはなかった。しかし、革命からこっち、いろんなものが変わったよ」

私は言う。

「私はそうは思いません。私にとっては、何ひとつ変わってなどいないんですから」

彼が言う。

「少なくとも、今では、きみが書くような詩を出版することができるようになったじゃないか」

私は言う。

「そうお考えなら、そうお思いなら、出版なさってください。ただし、私の住所と、私の本名は、誰にも教えないようにお願いします」

リュカは帰ってきた。そして、ふたたび発っていった。私が、彼を追い返した。彼は私に、自分の未完成の原稿を残していった。目下私は、その原稿を完成させつつある。

大使館の男は、予告なしに訪ねてきた。私の兄弟の来訪の二日後、その男が、夜の九時に私の家の玄関のベルを鳴らす。幸い、母はすでに寝ている。男の髪は縮れ毛だ。彼は痩せており、蒼ざめている。私は、彼を書斎へ通す。彼が言う。

「私は、この国の言語《ことば》を流暢《りゅうちょう》には話せません。もしぶしつけな言い方をしましたら、ご容赦ください。あなたのご兄弟、いや、つまり、あなたの兄弟と自称するクラウス(CLAUS)・Tが、今日自殺しました。十四時十五分、東駅で、列車の走ってくる線路に飛びこんだのです。ちょうど、われわれが彼を本国へ送還しようとしている矢先でした。彼は、われわれの大使館に、あなた宛ての書簡を残しておりました」

男は私に、一枚の封筒を差し出す。表書きに「クラウス（KLAUS）・Tへ」とある。

私は封を開く。一枚のカードに、こう書いてある。「ぼくらの両親の傍らに埋めてほしい」。リュカと署名されている。

私は、カードを大使館の男に差し出す。

「この町に埋葬されることを望んでいます」

男はカードを読む。私に訊ねる。

「どうして彼はリュカとサインしているんでしょう？ 彼は事実あなたの兄弟だったのですか？」

私は言う。

「いいえ。しかし、あの人があれだけ信じこんでいたことを思うと、私も無下《むげ》には拒絶できません」

男は言う。

「奇妙ですねえ。二日前、彼がお宅を訪問したあとで、われわれは彼に、家族の誰かと再会したかどうか訊ねたんです。彼は否《ノン》と答えていたのですよ」

私は言う。

「それが真実です。われわれのあいだには、どんな血縁関係もありません」

男は問う。

「それでも彼をあなたのご両親のそばに埋葬することを許可なさいますか?」

私は言う。

「ええ。私の父の傍らに。私の家族で死亡しているのは、父だけです」

われわれ——大使館の男と私——は、霊柩車の後ろを歩いている。雪が降っている。私は、白のカーネーションの花束と、さらに赤のカーネーションの花束を抱えている。花屋で買ったものだ。わが家の庭には、夏でも、もはやカーネーションはない。母はあらゆる種類の花を植えるが、カーネーションだけは植えない。

父の墓の傍らに、新しい墓穴が掘られている。そこに、私の兄弟の柩《ひつぎ》が降ろされる。私の名前を異なる綴りで記した十字架が立てられる。

私は毎日、墓地に戻ってくる。クラウス(CLAUS)という名前の記された十字架を見る。そして、リュカの名前を記した別の十字架と取り替えなければと思う。

私はまた、私たち四人が改めていっしょになれる日も近いなと思う。これで母が死んでしまえば、そのときには、私がこんなことを続けていく理由はすべてなくなってしまう。

列車。いい考えだな。

解説（訳者あとがき）

堀　茂樹

本書は、Agota Kristof : *Le Troisième Mensonge*, Paris, Ed. du Seuil, 1991. の全訳である。

すでに本書と同じepi文庫（早川書房）に収録済みの『悪童日記』および『ふたりの証拠』の邦訳版と合わせて、ハンガリー出身のフランス語作家アゴタ・クリストフの三部作を構成する三作目の小説だ。とりあえずは、あの鮮烈な『悪童日記』によって開幕したひとつの物語の完結篇と見做してよいのだろう。ただし、ここでいう「完結」は、通常の連作におけるそれとは相当に意味が異なるようだ。

なぜなら、アゴタ・クリストフの三部作三冊をこうして並べてみるとき歴然とするのが、『悪童日記』↓『ふたりの証拠』↓『第三の嘘』という具合に、一貫したストーリーが線状に続いているわけではないということだからである。なるほど、時は経過していくし、作中人物も齢を重ねていく。『悪童日記』ではまだ少年だった双子の「ぼくら」のうちの一人が、『ふたりの証拠』には十五歳で登場し、二十二、三歳で退場する。そしてこの『第三の嘘』には、なんと五十五歳になって戻ってきている。しかしこの男の過去は、『悪童日記』に記録されたものでもなければ、『ふたりの証拠』に叙述されたものでもない。彼も、彼の双子の兄弟も、前の二作品の読者が知っている（つもりでいる）物語とは異なる物語を、自らの過去として告白ないしは回想している。そしてその告白または回想の中では、『悪童日記』の語り手にして主人公である「ぼくら」や、『ふたりの証拠』の主人公リュカとクラウスをはじめとする先行二作品の作中人物たちのアイデンティティーが、著しく変化している。たとえば、本作品『第三の嘘』に登場するペテールは『ふたりの証拠』のペテールではない。主人公の父と母も、『悪童日記』に出てきた「お父さん」「お母さん」とは別人といわざるを得ない。それだけではない。『ふたりの証拠』の結末部でいったん同一人物であるかのように示唆されたリュカ（LUCAS）とクラウス（CLAUS）が、ここでは改めて双子の兄弟ふたりとして――しかし『悪童日記』における「ぼくら」とは同一視できない相貌を与えられて――別々に語り手兼主人公を演じている。が、それでいて同時に、一方は他方の「夢にすぎない」（本書八八頁）という気配も漂っている……。

これはいったいどういうことなのか。最後に書かれ、最後に活字になった本作品こそが、事の真相を明かしているのか。つまり、これは種明かしなのか。否、そうではないだろう。

なにしろ、この物語は事実ではなく三つ目の「嘘」なのだと、ほかでもない作品のタイトル（邦題『第三の嘘』は原題どおりの「直訳」である）が公然と標榜しているのだから。ついでにいえば、本作品が第三の「嘘」である以上、『悪童日記』と『ふたりの証拠』はそれぞれ第一、第二の「嘘」でなければならない。結局、『悪童日記』三部作は一つの物語の三つのバージョンなのであって、真相などというものはどこにも（書かれてい）ないと見るのが妥当だろう。「嘘？」とペテールに問われると、本作品でクラウスを名乗るリュカは、「そうです。作り話です。事実ではないけれど、事実であり得るような話です」（本書一三〇頁）と答える。では、なぜ作り話を書くのか。書店の女主人の問いかけに対するリュカの返答に注目しよう。

《私は彼女に、自分が書こうとしているのはほんとうにあった話だ、しかしそんな話はあるところまで進むと、事実であるだけに耐えがたくなってしまう、そこで自分は話に変更を加えざるを得ないのだ、と答える。私は彼女に、自分の身の上話を書こうとしているのだが、私にはそれができない、それをするだけの気丈さがない、その話はあまりにも深く私自身を傷つけるのだ、と言う。そんなわけで、私はすべてを美化し、物事を実際にあったとおりにではなく、こうあってほしかったという自分の思いにしたがって描くのだ、云々。》（本書一四頁）

この説明をそのままアゴタ・クリストフの創作に当てはめることが適切だとは思わない。さらに、リュカの執筆活動の説明としても、このような言葉は額面どおりには受け取りにくい。リュカが書いたと思《おぼ》しきは、絶望的なまでに悲痛なあの『ふたりの証拠』の物語（のエピローグを除く部分……？）なのであるから。しかし、それにもかかわらず、この数行には、A・クリストフが物書きである理由を垣間見ることができるのではないだろうか。

実は私は、この作家が一九九五年に来日して夥しい数の講演・対談・インタビューをこなした際、案内係兼通訳としてまる二週間を彼女とともにすごし、わずかな空き時間にも四方山の話をした。その折りに確信にも変ずるほどに強く印象づけられたこと、それは、この作家が遠い記憶をつねに反芻しているというか、もっぱら自らの内面に引き入れた過去をじっと静かに眺めている人だということだった。内面のステージでは、当然現実と夢がない交ぜになる。A・クリストフは想像界にさまざまな人物を招き入れ、その人物たちを影絵さながらに行き交わせているのだ。影絵はある種の幻想性をともなって、重なったり、離れたり、また入れ替わったり、すれ違ったりする。[1] 彼女がミステリ的要素を仕組んだ作品を創っていることは夙《つと》に指摘されているとおりであるけれども、おそらくその小説作法は、いわゆるミステリ作家のそれとは似て非なるものだ。つまり、ある真相を設定した上でそれを幾重もの謎で包み込み、それらの謎の解明のプロセスを物語に仕立てて最後に種明かしをしてみせるという手法を彼女は採っていない。そもそも『悪童日記』三部作は、初めから全体として構想されたフィクションではない。この点は、折々にA・クリストフ自身が証言しているとおりだろう。『ふたりの証拠』を発表したあと、『悪童日記』を書いたときから温めていた作品かと問われた彼女はこう答えた。

《『悪童日記』を書いたときは必ずしも続篇は予定していませんでした。ただ、もし続きを書きたくなったら書けるように、その余地は残しておいたのです。(2)》

さらに続続篇の可能性を問われると――、

《私は、どうもがいても彼ら（＝リュカとクラウス）の物語から脱出することができないでいます。この本（＝『ふたりの証拠』）でお終《しま》いになるだろうと思ったのですが、いまだに彼らのことが頭から離れないのです。クラウスの人生のことはまだ何も知られていません。とすれば、私は次には、自分の亡命体験を語れるのかもしれませんね……(3)》

実際、A・クリストフはここで「クラウス」と呼ばれているリュカの亡命地での生活についてかなり書きためたようであるが、それらは『第三の嘘』ではすっかり削られ、第四作の

『昨日』に生かされた模様だ。『第三の嘘』については、一九九一年に次のように述べている。

《この小説には、かなり自伝的な要素が入っています。書きはじめた時は、自分の子供時代のことを語りたいと思っていました。K市とは、いうまでもなく、私が子供の頃暮らしていた町クーセグです。作中人物リュカは、多くの点で私に似ています。リュカと同じように、私は終戦時に十歳でした。彼同様、私も若くして国境を越えました。そして彼は、故国に戻ったとき五十五歳、ちょうど現在の私の年齢です。クラウスのほうは、私と子供の頃をずっと共に過ごした兄です。私たちは、何をするにも、どこへ行くにも、いつもいっしょでした。私は、兄ととても近い間柄だったので、この小説を書くにあたって少年に変身したのです。この小説であらいざらい述べようとしたのは、別離——祖国との、母語との、自らの子供時代との別離——の痛みです。私はハンガリーに帰省することがありますが、自分に親しいそうした過去のなごりはいっさい見出すことができません。自分の場所はどこにもないという気が、つくづくします(4)》

『悪童日記』は、ひとつの国(ハンガリーと思《おぼ》しい)の第二次世界大戦からその直後にかけての時期の情勢を背景とし、戦火の下という設定で、子供ないし子供時代をテーマとした作品だった。語りの形式は一人称複数の「ぼくら」を用いるものだった。それに対して『ふたりの証拠』は、ひとつの都市（鉄条網によって隔離されてしまった国境地帯の都市）を舞台とし、共産主義の隣国に牛耳られる戦後全体主義体制の重圧下という設定で、主として青年期を扱った作品だった。そこでは第三人称の叙述がおこなわれていた。こうした比較対照の観点から『第三の嘘』を見るなら、この小説は、欧州の東西を隔てていたベルリンの壁の崩壊後に時代を設定し、ひとつの家族を枠組みとして、人生の秋ともいうべき初老の時期に焦点を当てた作品だといってよいだろう。とりわけ注目すべきは、ここで語りが一人称単数の「私」によるものに移行していること、しかも異なる二人の主人公が作品の前半と後半に分かれて、いずれも「私」の名において語る語り手となっていることにちがいない。『悪童日記』で一心同体だった「ぼくら」はここで、一方（母国に残った者）が他方（外国へ亡命した者）を拒絶するという関係の二人の「私」に画然と分かれてしまったのである。そこには、子供時代の——残酷でありながら温かみのある——庇護者であった『悪童日記』のあの「おばあちゃん」の姿はむろんなく、「ぼくら」の絆であったはずのエクリチュール（「大きな《ル・グラン》帳面《カイエ》」）も、老年に達した双子の兄弟をつなぐコミュニケーションとしてはもはや存在しない。

　このような悲劇的状況を描く『第三の嘘』のテクストから、故国喪失の悲しみが、また、不可能な愛をめぐる詩情が、安易な感情移入を排した文体を透して痛切に伝わってくる。前作『ふたりの証拠』の中で、最愛のマティアスを失って自らの執着と悪を悔いるリュカを慰めようとしてペテールが発した言葉を、私は思い出さずにはいられない。

《われわれは皆、それぞれの人生のなかでひとつの致命的な誤りを犯すのさ。そして、そのことに気づくのは、取り返しのつかないことがすでに起こってしまってからなんだ。》（『ふたりの証拠』epi文庫、二六五頁）

アゴタ・クリストフは二十一歳のときに、自らは望まずして難民になってしまった女性である（『悪童日記』epi文庫、解説参照）。母国で作家になっていなかった以上、自分はいわゆる亡命作家ではないと、つねづね強調している。彼女にとって、「祖国との、母語との、自らの子供時代との別離」は、それこそ「取り返しのつかない」、「ひとつの致命的な誤り」だったのだろうか。一九九五年のA・クリストフ来日時に雑誌『鳩よ！』の依頼で『第三の嘘』の作家にロングインタビューをおこなった日本の作家佐藤亜紀の「〈いつかいた場所〉への帰還をめぐって」と題するコラムから、文学的な洞察に満ちた一節を引用させていただきたい。

《クリストフは、亡命とは一人の人間がふたつに引き裂かれるような体験で、体は亡命先にあっても心は国に残っているのだ、と語った。必ずしも現実に存在する祖国ではなく、記憶の中の場所に、であろう。『悪童日記』三部作が舞台にしたのは、そういう場所である。（……）自分の半身をどこかに残してきたという、現実以上に現実的な想像の上の空虚を感じたことがあるなら誰にとっても、三部作は、ある亡命作家の語る物語などではなく、自分自身の物語となる。〈いつかいた場所〉への帰還が現実にある土地への帰還などではなく、『第三の嘘』そのままに、想像と現実の合わせ鏡でできた迷路を辿って、本当はいるとも思っていない、もう一人の似もつかない自分に会いに行く、悪夢のような経験であることも、そうした読者にはわかるに違いない。》（『鳩よ！』一九九五年八月号）

アゴタ・クリストフは、小説の中では〈小さな町〉とか〈K市〉とだけ表記される町クーセグで少女時代を最愛の兄とともにすごしたわけだが、彼女は佐藤亜紀によるインタビュー（私が通訳を務めた）のときにも、「あの三部作の主人公はクーセグの町なのかもしれません。少なくとも主要な登場人物であるのは間違いない」（『鳩よ！』前掲）と言っていた。故国の実在の町クーセグが、亡命者A・クリストフの記憶の中でいつしか神話化し、まさに〈いつかいた場所〉として、物語の紡ぎ出される空間を形成したのかもしれない。いずれにせよ、A・クリストフの作品は何もないところから作り上げられたのではなく、実人生をベースにしている。ただ、彼女は創作を通して特定の歴史や地理の中に戻っていったのではなく、逆に諸要素を普遍化して稀有の作品に到ったのである。われわれも、謎解き的な発想にすべり込んで事実性や具体性へと作品を還元するより、この作家の抑制の効いた単純無比な表現の中に、強固に自立した精神の証を見るべきであるにちがいない。

二〇〇二年二月、慶應義塾大学湘南藤沢キャンパスにて

（1）後藤繁雄「萬有対談　アゴタ・クリストフ」（『花椿』一九九五年十月号）参照。
（2）BORDELEAU, Francine :《Agota Kristof, innocence et cruauté》, *Nuit blanche* (Suisse), janv. –fév. 1989.
（3）ZAHND, René :《La Mémoire divisée》, *Le Matin de Lausanne* (Suisse), fév, 1988.
（4）DEVARRIEUX, Claire :《Agota Kristof a pendu son chat》, *Libération* (France), 5 sept. 1991.

本書は一九九二年六月に早川書房より
単行本として刊行された作品です。

悪童日記

Le Grand Cahier

アゴタ・クリストフ
堀　茂樹訳

戦争が激しさを増し、ふたごの「ぼくら」は、小さな町に住むおばあちゃんのもとへ疎開した。その日から、ぼくらの過酷な生活が始まる。人間の醜さや哀しさ、世の不条理——非情な現実を目にするたび、ぼくらはそれを克明に日記に記す。戦争が暗い影を落とす中、ぼくらはしたたかに生き抜いていく。圧倒的筆力で人間の内面を描き読書界に旋風を巻き起こしたデビュー作。

ふたりの証拠

La Preuve

アゴタ・クリストフ
堀　茂樹訳

戦争は終わった。過酷な時代を生き延びた双子の兄弟の一人は国境を越えて向こうの国へ。一人はおばあちゃんの家がある故国に留まり、別れた兄弟のために手記を書き続ける。厳しい新体制が支配する国で、彼がなにを求め、どう生きたかを伝えるために——主人公と彼を取り巻く多彩な人物の物語を通して愛と絶望の深さを透明に描き全世界の共感を呼ぶ『悪童日記』の続篇。

ハヤカワepi文庫

ハヤカワepi文庫は，すぐれた文芸の発信源（epicentre）です。

訳者略歴　1952年生，フランス文学者，翻訳家
訳書『悪童日記』『ふたりの証拠』クリストフ
『シンプルな情熱』エルノー
（以上早川書房刊）他多数

第《だい》三《さん》の嘘《うそ》

〈epi 16〉

二〇〇二年三月十五日　発行
二〇一一年八月十五日　六刷

（定価はカバーに表示してあります）

著者　アゴタ・クリストフ
訳者　堀《ほり》　茂《しげ》樹《き》
発行者　早川　浩
発行所　株式会社　早川書房

郵便番号　一〇一 - 〇〇四六
東京都千代田区神田多町二ノ二
電話　〇三-三二五二-三一一一（大代表）
振替　〇〇一六〇-三-四七七九九
http://www.hayakawa-online.co.jp

乱丁・落丁本は小社制作部宛お送り下さい。
送料小社負担にてお取りかえいたします。

印刷・株式会社亨有堂印刷所　製本・株式会社川島製本所
Printed and bound in Japan
ISBN978-4-15-120016-8 C0197

本書は活字が大きく読みやすい〈トールサイズ〉です。